네가 있어서 괜찮아

네가 있어서 괜찮아

임하운
장편소설

시공사

차례

1부

같은 이방인

1

임채웅

버스에서 내렸다. 아직 사월이라 날씨가 쌀쌀했다. 주변에는 같은 교복을 입은 애들이 많았다. 두리번거리며 걷는데 신호등이 없는 찻길 앞에 김초희가 서 있는 게 보였다. 하필, 그 애였다.

나는 어쩔 수 없이 옆에 섰다. 그 애는 주변은 신경도 쓰지 않고 귀에 이어폰을 꽂더니 고개를 푹 숙이고 도로를 건넜다. 찻길을 보니 검정색 승용차가 빠른 속도로 오고 있었다. 내버려두면 치일 것 같았다.

나는 달려가 김초희의 가방을 확 잡아당겼다. 차가 급브레이크를 밟아 끼익, 하는 바퀴 마찰음이 크게 들려왔다.

그 애가 무덤덤하게 나를 쳐다봤다. 처음으로 가까이서 눈이 마주쳤다. 너무 익숙한 눈이었다. 거울 속에서 늘 마주치던 눈. 살아 있는데 사는 것 같지 않은 눈.

그 눈을 빤히 보고 있는데 경적 소리가 귓구멍을 찢을 것처럼 크게 울려 퍼졌다. 놀라서 뒤를 돌아보자, 운전자가 창문을 내리고 소리를 질렀다.

"야! 미쳤어?"

주변에 있던 사람들이 곧 무슨 일이 벌어지길 기대하는 얼굴로 걸음을 멈췄다. 뒤이어 오던 차들은 경적을 울려댔다. 사방에서 시끄러운 소리가 들려오고 사람들의 시선이 느껴지자 몸이 굳어가면서 머릿속이 혼란스러워졌다.

김초희는 끝까지 나를 쳐다보다가 아무 말도 없이 가버렸다. 경직된 몸이 조금씩 풀리면서 손이 희미하게 떨려왔다. 나는 얼떨떨하게 서 있다가 주변 시선이 신경 쓰여 고개를 푹 숙이고 횡단보도를 건넜다.

아침부터 그 애와 마주쳐서인지 갑작스러운 상황 때문인지, 얼굴에 열이 오르고 심장이 쿵쿵 뛰었다. 하지만 김초희는 아무 일도 없었다는 듯 태연하게 내 앞을 걸었다.

교실에 들어가 김초희의 자리를 봤다. 이미 엎드려 있었다.

내버려둘 걸 그랬나. 그랬으면 차에 치었을까.

자리에 앉자, 김선우가 뒤를 돌아봤다.

"채웅아, 민혁이한테 들은 거 있어?"

"어떤 거?"

김선우가 내 귀에 가까이 입을 대고 조용히 말했다.

"어제 강민혁 김초희한테 고백한다고 했잖아."

"아, 그러네."

"연락 없는 걸 보니까 차인 것 같은데. 걔 돈을 그렇게 썼는데 어떡하냐."

금방 거칠게 교실 뒷문이 열리면서 강민혁이 들어왔다. 인사를 하려는데 눈이 뒤집힌 상태로 김초희에게 전진하고 있었다.

"야, 김초희 나와봐."

엎드려 있던 그 애가 귀찮은 얼굴로 말했다.

"싫어, 잘 거야."

"야, 시발년아. 쳐 나오라고, 뒈지기 전에."

"너랑 할 얘기 없어. 귀찮게 하지 마."

"장난하냐? 거지 년이 사람 이용하니까 좋아?"

"이용당한 사람이 잘못이지."

"아, 개 같은 년이 뭐라는 거냐. 진짜 뒈질래?"

"딱 그게 네 수준이야. 여자한테 센 척하는 거. 양아치 새끼야."

강민혁이 분을 못 참고 앉아 있는 김초희의 뺨을 후려쳤다.

"미친년이 존나 깝치네."

그 애의 고개가 돌아갔다. 교실이 조용해지고 모두 두 사람을 쳐다봤다. 김선우와 말려보려고 자리에서 일어났는데 김초희가 필통을 뒤져 샤프를 꺼내더니 그대로 강민혁의 얼굴을 찍었다. 샤프가 입술에 푹 박히면서 피가 팍 터져나왔다. 김초희의 교복에도 피가 튀었다. 몇 애들이 경악을 하며 소리를 질렀고 나는 놀라서 걸음을 멈췄다.

강민혁은 당황했는지 어쩔 줄 몰라 하다가 손을 덜덜 떨며 샤프를 빼버렸다. 피가 교복 셔츠로 흘러내리고 피 묻은 샤프가 바닥에 내동댕이쳐졌다.

"넌 뒈졌어!"

강민혁이 때리려고 손을 들어 올리자, 어느새 김초희가 커터 칼을 들고 말했다.

"쳐봐! 다음은 네 눈깔 찌를 거니까."

두 사람은 서로를 죽일 듯이 노려봤다.

나는 강민혁 얼굴에서 뚝뚝 떨어지는 피를 보다가 정신을 차리고 휴지를 가져왔다. 강민혁은 피가 줄줄 흐르는 입을 휴지로 틀어막았다.

김선우가 당황하며 피 묻은 바닥을 보다가 말했다.

"일단 보건실이라도 가자."

교실을 나가려는데 담임이 조회를 하려고 들어왔다. 다들 동작을 멈추고 담임을 쳐다봤다.

강민혁은 곧바로 병원에 갔고 김초희는 교무실로 끌려갔다. 김선우와 나는 대걸레로 바닥에 묻은 피를 닦아냈다.

조회는 하지 못했다. 반 애들은 일교시가 시작될 때까지 수군거렸다.

"김초희 진짜 미쳤다. 그 정도면 싸이코 아니야?"

내 짝인 홍다은도 반 애들과 한마디씩 주고받다가 내게 말했다.

"김초희 꽃뱀 짓해서 민혁이가 화난 거지?"

"꽃뱀?"

"응, 김초희 유명하잖아. 남자애들 꼬셔서 돈 다 쓰게 하고 돈 떨어지면 차는 걸로."

"아, 진짜?"

뒤에서 반 애들의 수군거리는 목소리가 들려왔다.

"둘 다 제정신이 아니네."

김초희는 일교시가 끝나고 쉬는 시간에 피가 튄 교복을 입고 교실에 들어왔다. 반 애들은 힐끔거리며 귓속말을 주고받았다.

종례가 끝나고 교실을 나왔다. 복도에서 김선우가 강민혁에게 전화를 걸었지만 연결이 되지 않았다.

"전화 안 받는다. 찢어져서 꿰매야 할 것 같던데."

고개를 끄덕이고 복도를 걷는데 누군가가 내 앞을 막았다. 고개를 드니 김초희가 서 있었다.

"야, 얘기 좀 하자."

"나?"

"응, 너."

나는 영문을 모르겠다는 얼굴로 김선우를 쳐다봤다.

"그럼 나 먼저 간다."

김선우가 어깨를 으쓱하고 말했다.

나는 얼떨떨하게 고개를 끄덕였다.

김선우는 김초희를 한 번 쳐다보고 가버렸다. 나는 김초희가 무슨 말을 할지 몰라 긴장했다.

"뭔데?"

"돈 좀 빌려줘."

"갑자기?"

"왜? 돈 없어?"

김초희가 나한테 말을 거는 건 처음이었다. 나는 얼떨떨하게 대답했다.

"얼마?"

"너 얼마 있는데?"

나는 지갑을 확인했다. 만 원짜리 지폐가 세 장 있었다.

"삼만 원."

반 애들의 말이 떠올랐다. 돈 때문에 문제가 많은 애였다. 빌려줄지 말지 고민하는데 김초희가 내 지갑으로 손을 뻗었다. 그 애의 손목에 감겨 있는 붕대가 보였다.

그 붕대를 빤히 보고 있는데 김초희가 지갑을 채갔다.

"뭐 하는 거야?"

"내일 갚을게."

그 애는 지갑에서 삼만 원을 꺼내더니 내 대답은 듣지도 않고 가버렸다. 태어나서 처음으로 삥을 뜯긴 느낌이었다.

지금이라도 가서 돌려달라고 해야 할까.

나는 막막하게 그 애의 뒷모습을 바라봤다.

집에 도착하자마자 식탁에 앉아 핸드폰으로 배달 음식을 훑어봤다. 거의 학교가 끝나면 저녁으로 배달 음식을 먹었다. 지금 먹지 않으면 가족이랑 같이 먹어야 하는데 혼자 먹는 게 편했다.

뭘 먹을지 고민하다가 김초희에게 돈을 빌려줬던 게 떠

올랐다. 괜히 텅 빈 지갑을 열어 돈이 있나 한 번 더 살펴 봤지만 천 원짜리 한 장 없었다. 나는 체념하고 방으로 들어갔다.

일곱 시가 좀 넘었을 때 누나가 왔다. 누나는 평소처럼 내 방부터 들어왔다.

"밥 먹었어?"

"아니."

"왜 안 먹었어? 용돈 다 썼어?"

"응."

"뭐 하는데 벌써 다 썼어?"

뭐라고 설명해야 할까. 친구한테 빌려줬다고 해야 할까, 뺏겼다고 해야 할까.

머리를 굴리는데 누나가 지갑에서 만 원짜리 다섯 장을 꺼내 내게 줬다.

"고마워, 누나밖에 없네."

"배고프지? 아빠 곧 오니까 같이 저녁 먹자."

나는 고개를 끄덕였다.

침대에 누워 노래를 듣다가 아빠가 왔다는 말에 저녁 먹을 준비를 했다. 누나가 내 그릇에 밥을 수북이 담았다. 나는 밥을 덜어내고 식탁에 앉았다. 누나가 내 밥그릇을 보고 말했다.

"너 왜 그렇게 조금 먹어?"

"별로 배가 안 고파서."

나는 급하게 밥을 다 먹어버리고 먼저 자리에서 일어났다.

방으로 돌아와 침대에 앉았다. 노래를 들으면서 오늘 있었던 일을 떠올렸다. 하루 사이에 많은 일이 벌어졌다.

김초희가 죽으려던 사람처럼 찻길을 건넜다. 그리고 강민혁의 입술을 구멍내버렸다. 난 그런 애에게 돈을 빌려줬다, 혹은 뺏겼다.

잘한 일일까?

같은 반이 됐을 때, 김초희와 나는 서로를 잠시 바라봤다. 아마도 같은 생각을 했을 것이다. 여기서 이렇게 만나게 되네, 라고.

다음 날. 교실로 들어가는 복도에서 김초희와 마주쳤다. 그 애는 아무 말도 없이 지나갔다.

강민혁은 입술을 꿰맨 채 학교에 나왔다. 구멍 난 입술에 테이프가 붙어 있었다. 김선우와 난 점심시간에 강민혁과 같이 급식실로 내려갔다. 급식실에서 김초희가 음식이 가득 담긴 식판을 들고 내 옆을 지나갔다. 남자애가 먹어도 많아 보일 정도의 양이었다.

나는 빈자리에 앉아 강민혁에게 말했다.

"괜찮아?"

"괜찮아. 별로 안 꿰맸어."

"다행이네."

"뭐가 다행이냐? 저 개 같은 년 때문에 이게 뭔 꼴이야. 아, 어떻게 죽이지?"

옆에서 밥을 먹던 김선우가 비꼬았다.

"넌 이제 싸울 애가 없어서 여자랑 싸우냐?"

"내가 싸우고 싶어서 싸웠냐? 하도 빡치게 하니까 그랬지."

"내가 여자랑 싸우다 너처럼 됐으면 그냥 자살했다."

"염장 지르냐? 안 그래도 빡치는데."

"그러니까 차였으면 조용히 있지, 왜 난리를 쳐."

"개고생해서 번 돈 개한테 다 썼는데 무시하잖아. 얻어 먹을 때는 넙죽넙죽 다 받아 처먹다가 사귀자니까 바로 쌩 까는데 안 빡치냐?"

"그렇다고 여자를 때리냐. 진짜 내가 다 쪽팔린다."

"뭐 어쩌라고."

"그래서 어떻게 끝내기로 했는데?"

"몰라. 엄마가 알아서 한다던데. 징계 얘기도 나왔는데 내가 먼저 때린 거라 징계하기도 애매한가봐. 아, 짜증난다."

"그럼 이제 그냥 그만해."

"그만하라고? 나만 병신 됐잖아."

"여자랑 싸워서 뭐 하게. 너만 손해야."

밥을 다 먹고 자리에서 일어났다. 식판을 치우러 가는데 사람들이 잘 안 가는 구석 쪽 자리에 김초희가 혼자 앉아 있는 게 보였다. 남은 음식을 봉지에 담고 있었다. 나는 그 모습을 바라보다가 밖으로 나갔다.

학교 수업이 모두 끝날 때까지 김초희는 내게 아무 말도 하지 않았다.

학교가 끝나고 애들과 밖으로 나왔다. 김선우는 가는 방향이 달라서 정문에서 인사를 하고 갔다. 나는 강민혁과 같이 걸었다.

"야, 채웅아. 버스 탈 거야?"

"타야지."

"같이 걸어가자. 아니면 나 버스비 좀 내주라."

"알았어, 내줄게."

버스가 출발하고 두 정거장 지나자 강민혁이 내렸다. 걸어가기에도 충분한 거리인 데다가 내가 사는 곳이 훨씬 멀었지만 같이 가는 날이면 늘 같이 걷자고 하거나 버스비를 내달라고 했다.

나는 집에 도착하자마자 머릿속이 복잡해져 잠이나 자려고 했다. 침대에 누워 눈을 감았다가 떴다. 남은 음식을 싸가던 김초희가 떠올랐다.

　위험하게 찻길을 건너던 모습, 나와 닮은 눈빛, 손목에 감겨 있던 붕대.

　나는 멍하니 천장을 바라보다가 눈을 감았다.

2
김초희

개운치 않은 정신으로 신호등이 없는 찻길 앞에 멈췄다. 차들이 쌩쌩 지나다녔다. 나는 건너편을 멍하니 보다가 이어폰을 꺼내 귀에 꽉 꽂았다. 노랫소리가 크게 들려오면서 주변의 잡다한 소리가 사라졌다.

내가 기댈 수 있는 건 하나뿐이었다. 운이 좋게 죽어버리는 것. 매일 생각했다. 강도가 들어 칼에 찔리거나 찻길을 건너다가 차에 치이기를. 그러면 언니도 날 이해하지 않을까.

눈을 감고 고개를 푹 숙인 뒤 발걸음을 뗐다. 차의 움직임을 볼 수도, 들을 수도, 느낄 수도 없었다. 어떤 차든 빠른 속도로 달려와 내 몸을 날려버리고 그 자리에서 죽게해 주길 바랐다.

절반쯤 지나왔을까. 갑자기 뒤에서 누군가가 나를 확 잡아당겼다. 이어폰이 빠지면서 급브레이크를 밟는 바퀴 소리가 들려왔다. 정신을 차리고 감았던 눈을 뜨자, 내 앞에 임채웅이 서 있었다.

그 애는 당황한 얼굴로 날 쳐다봤다. 나라서 당황한 걸까, 이 상황에 당황한 걸까.

아무튼 이번에도 실패다. 눈을 떠도 아무것도 보이지 않길 바랐는데.

찻길 한복판에 임채웅과 내가 서 있었다. 옆에서 커다란 버스가 지나가고 큰 경적 소리가 울리고 뒤에서 욕하는 소리가 들려왔지만, 나는 신경 쓰지 않고 그 애를 빤히 쳐다봤다.

만약, 잡아당겨지지 않았다면 난 어떻게 됐을까.

교실에 들어가 책상에 엎드려 있는데 강민혁이 진상을 부리다가 내 뺨을 때렸다. 깔보는 얼굴로 쳐다보길래 샤프로 얼굴을 찍어버렸다.

담임은 강민혁을 병원에 보내고 나를 교무실로 끌고 갔다. 교무실에 있던 선생들이 모두 놀란 얼굴로 나를 쳐다봤다. 피 묻은 교복 때문이었다.

담임은 어떻게 된 건지 캐물었다. 나는 아무 대답도 하지 않았다.

"됐다, 그냥 부모님한테 전화할게."

담임은 컴퓨터로 핸드폰 번호를 확인하고 아빠한테 전화를 걸었지만 연결이 되지 않았다. 설사 연결이 된다 하더라도 아빠가 어떤 말을 할지는 보지 않아도 알 수 있었다. 욕이나 안 먹으면 다행이었다.

담임은 몇 번이나 전화를 하다가 연결이 안 되자, 자존심이 상한 얼굴로 말했다.

"일교시 선생님한테 말해놓을 테니까 너 여기 회의실에 들어가서 진술서 적어. 선생님 수업 끝나고 올 때까지 안 적어놓으면 진짜 혼날 줄 알아."

나는 컴컴한 회의실에 들어가 불을 켜고 앉았다. 가만히 진술서를 봤는데 딱히 쓸 말이 없었다.

뭐라고 적어야 할까. 나한테 이용당한 강민혁이 분을 못 참고 내 뺨을 때렸다고 쓰면 될까. 그러면 만족할까. 아마도 담임은 만족하지 못하고 물어올 것이다. 이용한 게 뭐냐고, 왜 친구를 이용했냐고. 그러면 나는 또 정직하게 대답해야 할까. 가난해서 그랬다고.

내가 내 가난에 대해 말하는 순간 담임이 무슨 말을 할지는 눈에 훤했다. 모든 걸 이해한다는 얼굴로 얼마든지 더 좋은 삶을 살 수 있다며 주저리주저리 떠들어댈 거였다. 배고프다는 게 사람을 어느 정도로 아프게 할 수 있는지는 알까.

담임은 빈 진술서를 보고 화를 냈다.

"장난하는 거야? 선생님 말이 우스워? 너 일교시 동안 뭐 했어?"

담임은 열 받은 얼굴로 교무실에 온 애한테 반장을 데려오라고 했다.

반장이 내려와 있었던 일에 대해 대충 설명했다. 담임은 골치 아픈 얼굴로 얘기를 듣고 말했다.

"그러니까 민혁이가 먼저 때렸다는 거지?"

"네."

"알았어, 일단 둘이 올라가."

나는 교무실을 나왔다. 피 묻은 교복을 입고 복도를 걷고 있으니 학교 애들이 걸음을 멈추고 나를 쳐다봤다. 나는 신경 쓰지 않고 교실로 들어갔다.

사교시까지 푹 잘 생각이었는데 이교시가 끝나고 반장이 나를 깨웠다.

"너 담임선생님이 교무실로 오래."

나는 한숨을 내뱉고 교무실로 내려갔다.

담임은 언짢은 얼굴로 말했다.

"아버지는 왜 연락이 안 되셔?"

딱히 궁금하지 않았고, 나는 아빠가 지금 어디에 있는지도 몰랐다.

"몰라요."

"민혁이 어머니가 학교에 전화하셨어. 통화하고 싶다고. 지금 연락이 안 된다고 하니까 너랑이라도 통화하고 싶으시대."

"네."

"그럼 일단 네 번호 알려드릴 테니까 오늘 집 가자마자 아버지한테 말씀드려."

"네."

"원래는 징계도 받아야 되는데 민혁이가 먼저 때린 거라 이번에는 그냥 조용히 끝내기로 했어. 그러니까 감사하게 생각하고 다시는 이러지 마. 올라가봐."

학교가 끝날 때쯤 모르는 번호로 전화가 왔다. 전화를 받자 아줌마 목소리가 들렸다.

"나 민혁이 엄만데, 네가 초희니?"

"네."

"부모님이랑 통화해야 되는데 전화를 안 받으시네. 민혁이도 잘못했으니까 다른 건 문제 삼지 않을게. 치료비 이십만 원 나왔거든. 문자로 계좌번호 보낼 테니까 부모님한테 거기로 치료비 보내시면 된다고 전해드려."

"네."

전화를 끊었다. 이십만 원. 대충 한 주는 일해야 벌 수 있는 돈이었다. 그것도 아예 돈을 쓰지 않는 상황에서였다. 지금 내 서랍에 얼마가 있는지 생각해봤다. 아예 없는 건 아니었지만 턱도 없었다.

종례가 끝나고 생각에 빠져 걷고 있는데 복도에서 친구와 얘기하고 있는 임채웅이 보였다. 나는 걸음을 멈췄다. 찻길에서 있었던 일이 떠올랐다.

나는 그 애를 뚫어져라 보다가 멈췄던 발걸음을 뗐다. 해결 방법을 찾은 것 같았다. 나는 마음을 먹었다. 저 호구를 이용하기로.

호구는 생각보다 쉽게 돈을 내줬다. 딱히 뭘 한 것도 없었다. 갚는다고 거짓말을 하자, 순순히 지갑을 내줬다. 아직 삼만 원밖에 못 뺏었지만 더 뺏을 수 있을 것 같다.

저녁. 나는 골목으로 들어가 주변을 살피고 내가 살고

있는 집과 옆집 사이에 있는 좁은 틈으로 들어갔다. 거기에 내 방 창문이 있었다.

창문을 넘어 안으로 들어갔다. 나는 문을 막아놓은 낡디낡은 장롱에 등을 기대고 바닥에 앉았다. 그리고 학교 점심시간 때 싸온 음식과 나무젓가락을 꺼냈다. 밥과 반찬이 마구잡이로 섞였다. 딱히 배가 고프지는 않았지만 식당에 가면 배가 고파지니 억지로 입에 넣었다. 식어버린 음식은 아무 맛도 나지 않았다. 지우개를 씹으면 이런 맛이 날 것 같기도 했다.

밥을 다 먹고 창문을 넘어 아르바이트를 하러 갔다. 사장은 별 생각 없는 얼굴로 말했다.

"민혁이 무슨 일 있냐?"

"모르겠어요."

"다쳤다던데 몰랐어?"

"네."

"그만둔대. 아직 사람 못 구해서 오늘은 혼자 해야 되는데, 좀 힘들 거야."

더 이상 질척댈 일이 없으니 잘된 일이었지만 두 명이서 하던 일을 혼자 하니 확실히 정신이 없었다. 서빙을 하다 말고 계산을 하러 가야 했고 짬짬이 뒷정리도 해야 했다.

일이 다 끝났을 때는 옷이 땀으로 축축해져 있었다.

아르바이트가 끝나고 집에 돌아가자, 강민혁의 치료비가 떠올랐다.

나는 옷을 갈아입었다. 검정 바지, 검정 티, 검정 야구잠바를 입고 검정 마스크와 검정 모자를 썼다. 작은 거울로 내 모습을 들여다봤다. 어두운 곳에선 아예 안 보일 것같았다.

커터 칼을 챙기고 창문을 통해 밖으로 나왔다. 주머니에 있는 커터 칼을 꽉 쥐고 두리번거리며 걷다가 최대한 인적이 없는 으슥한 길로 들어갔다.

주차된 차 사이를 일일이 확인하며 걷고 있는데 좀 떨어져 있는 벤치에 사람이 누워 있는 게 보였다. 다시 한 번 주변을 살피고 그쪽으로 갔다. 배 나온 아저씨가 인사불성인 채로 드러누워 코를 골고 있었다.

나는 조심스럽게 손등을 바지 주머니에 대보았다. 아무것도 없었다. 그 다음 바람막이 주머니를 만져봤다. 지갑으로 추측되는 게 있었다. 숨을 길게 내뱉고 주머니에 손을 넣어 지갑을 꺼냈다.

낡은 검정색 지갑이 꺼내졌다. 안을 살펴보니 만 원짜리 두 장과 천 원짜리 네 장이 있었다. 현금을 몽땅 빼고 지갑을 벤치 위에 가지런히 올려놓았다. 첫 시작이 순조로웠다.

두 번째 사람은 길 한복판에 쓰러져 있었다. 빌라 담장에 등을 기대고 그 사람을 지켜봤다. 인적이 드문 곳이긴했지만 너무 트여 있었고 간간이 사람이 지나다녀 조금 더 기다려보기로 했다.

이십 분 정도 지나자 주변은 쥐 죽은 듯 조용해졌다. 다가가보니 오십 대로 보이는 아저씨였다. 입 주변에 토사물이 묻어 있었고, 술 냄새도 진동했다.

주변을 살피고 주머니를 뒤졌다. 손에 지갑이 잡혀 꺼내려는데 아저씨의 감겨 있던 눈이 살짝 열렸다. 아저씨는 풀린 눈으로 나를 보다가 혀 꼬부라진 소리로 말했다.

"너 누구야? 뭐 하는 거야?"

나는 주머니에서 손을 뺐고 뒤도 돌아보지 않고 내달렸다. 꽤 멀어지고 나서 멈추니 이마에 맺힌 땀이 뺨으로 흘러내렸고, 폐가 터질 것처럼 뛰었다. 나는 진정이 될 때까지 쉬다가 다시 움직였다.

새벽 세 시쯤 벌은 돈을 확인하고 집으로 돌아갔다. 속이 울렁거리고 다리에 힘도 들어가질 않았다. 되도록 세 시 이후엔 하지 않았다. 그때쯤이면 사람도 거의 없고, 몸도 정신도 온전치 않아 그만하는 게 나았다.

창문을 넘어 집으로 들어갔다. 깜깜한 방 안에 언니가 벽에 등을 기대고 앉아 있었다. 언니는 무릎에 파묻고 있던 얼굴을 들어 날 보더니 옅은 미소를 지었다.

나는 신발을 벗고 바닥에 앉았다. 눈은 금방 어둠 속에 익숙해져 언니의 얼굴이 더 선명해졌다.

"오랜만이네."

언니는 말없이 고개를 끄덕였다.

"나 학교에서 걔 만났어. 임채웅. 누군지 알지?"

언니는 이번에도 고개만 끄덕였다.

"근데 걔 호구처럼 살고 있더라. 남들이 뭐 해달라고 하면 다 해주고, 뭐 달라고 하면 다 줘. 꼭 언니 보는 거 같아. 오늘 내가 돈도 뺏었어. 이용할 수 있을 때까지 악착같이 이용할 거야."

언니는 아무 말도 하지 않았다.

"근데 왜 그렇게 살까. 그럼 좀 마음이 편해지나? 언니는 어때? 마음이 좀 편해?"

아무 대답도 돌아오지 않았다.

나는 공허하게 언니를 바라보다가 말했다.

"그래서 난 언니가 세상에서 제일 싫어."

3
임채웅

오늘도 김초희는 내게 아무 말도 하지 않았다. 그냥 받지 말고 끝낼까, 라는 생각도 했지만 돈이 아까웠다.

나는 한참 고민하다가 복도에서 그 애와 마주쳐 걸음을 멈췄다.

"야, 김초희."

그 애가 대답 없이 나를 쳐다봤다.

"돈은?"

"너 지금 얼마 있어?"

나는 거스름돈을 찾는 줄 알고 지갑을 꺼내면서 말했다.

"오만 원."

"그럼 오만 원만 빌려줘. 내일 저번에 빌린 돈까지 합쳐서 십만 원으로 갚을게."

나도 모르게 계산을 해버렸다. 이만 원이 이득이었지만 더 이상 엮이고 싶지 않았다. 빨리 청산하고 다시 아무 말도 하지 않는 사이로 돌아가고 싶었다.

싫다고 말하려는데 김초희가 저번처럼 덥석 내 지갑을 채가더니 돈을 꺼냈다.

"자꾸 뭐 하는 거야?"

"내일 갚을게."

미심쩍었지만 그 애는 이미 돈을 주머니에 넣고 있었다. 나는 찜찜한 기분으로 말했다.

"확실해?"

"내일 준다고. 내일까지 주면 되잖아."

나는 못 미더운 눈으로 김초희를 쳐다봤지만, 그 애는 신경도 쓰지 않고 가버렸다.

다음 날, 학교에 들어가 계단을 오르는데 위로 올라가는 김초희가 보였다. 나는 그 옆으로 다가갔다. 그 애는 나를 한 번 쓱 보더니 아무 표정 없이 가버렸다. 나는 한숨을 쉬고 말했다.

"야, 김초희."

"왜?"

"돈 갚아."

"돈 없어."

"뭔 소리야. 오늘까지 준다며?"

"돈 없는데 어쩌라고. 못 믿겠으면 뒤져봐."

김초희가 뒤져보라는 듯 당당하게 두 팔을 올렸다. 아무 말도 나오지 않아 그 애를 쳐다보기만 했다.

"그러니까 왜 아무 생각 없이 돈을 빌려줘. 네가 잘못한 거지."

"내 잘못이라고?"

김초희가 귀찮다는 얼굴로 가버렸다.

멀어져가는 그 애를 멍청하게 바라봤다. 왠지 절대로 그 돈을 받지 못할 것만 같은 느낌이 들었다.

착잡한 상태로 교실에 들어갔다. 의자에 앉아 날아가버린 팔만 원에 대해 생각했다. 그 돈이면 치킨을 몇 마리 먹을 수 있고, 피씨방에서 몇 시간을 보낼 수 있을까. 계산을 할수록 돈이 아까웠다.

고개를 돌려 일분단 앞자리에 앉아 있는 김초희를 쳐다봤다. 엎드려서 얼굴이 잘 보이지 않았다. 나는 어떻게 돈을 돌려받을지 생각했다. 만약 대놓고 돌려달라고 화를 내면 며칠 전 강민혁처럼 입술에 구멍이 날 수도 있었다. 선생님한테 말하는 것도 우스웠다. 여자애한테 돈을 뺏겼다고 말하면 웃음거리가 될 뿐이었다.

대체 무슨 생각으로 김초희에게 돈을 빌려줬을까.

누구를 탓할 수도 없었다. 순전히 내 잘못이었다. 한 푼도 없으니 뒤져보라던 그 애에게 이제 와서 할 수 있는 것도 없었다. 나는 그러려니 체념하기로 했다.

학교 수업이 끝나갈 때쯤 강민혁이 다가왔다.

"오늘 피씨방 가자."

"오늘?"

"왜?"

"돈 없어."

"뭔 소리야. 용돈 제일 많이 받으면서."

"그게…… 이번에 뭐 좀 사가지고."

"선우도 간다는데. 야, 선우야, 얘 돈 없대."

김선우가 이쪽으로 와서 날 의아하게 보다가 말했다.

"내가 빌려줄게."

나는 고민하다가 고개를 끄덕였다.

학교가 끝나고 애들과 피씨방에 갔다. 게임을 하는 내내 김초희에게 빌려준 돈이 생각나 속이 쓰렸다.

한 시간 정도 지나자, 강민혁이 말했다.

"채웅아, 나 라면 하나만 사줘."

"나 돈 없어."

"맞다. 용돈 다 썼다고 했지. 아, 라면 먹고 싶은데. 넌 용돈 어디다 다 썼냐."

나는 멋쩍게 미소만 지었다.

밤 늦게까지 게임을 하다가 밖으로 나왔다. 피씨방 옆에 있는 주차장에서 강민혁이 담배를 피웠다.

"채웅아, 걸어갈 거지? 나 혼자 가기 심심한데."

피곤했지만 어쩔 수 없이 고개를 끄덕이는데 김선우가 말했다.

"뭘 걸어가. 채웅이 집도 먼데."

"나 환자잖아. 이 이기적인 놈아."

"환자 좋아하네."

이기적이라는 말이 귀가 아니라 가슴에 파고들었다. 난 희미하게 떨리는 팔을 붙잡고 고개를 떨어뜨렸다.

난 이기적이지 않은데…….

"채웅아, 걸어갈 거지?"

나는 애써 고개를 끄덕였다.

"넌 그걸 왜 가줘?"

"야, 채웅이가 가준다는데 네가 왜 난리냐. 채웅이는 너처럼 환자인 친구 버리는 애가 아니야, 임마."

김선우가 답답한 얼굴로 날 쳐다보다가 가버렸다.

"쟤 요즘 왜 저러냐?"

"왜?"

"그냥 말하는 것도 그렇고 괜히 시비 거는 느낌이야."

"설마, 근데 입은 괜찮은 거야?"

"괜찮아지긴 했는데 흉터 남는대. 개빡친다. 진짜 그년 죽여버릴까?"

"왜 싸웠던 거야?"

"걔 완전 꽃뱀이야."

"꽃뱀?"

"식당에서 같이 알바했을 때 이용만 당했어. 괜히 그년 때문에 돈만 쓰고 입에 흉터 생기고, 학교 여자애들은 나 여자 때리는 쓰레기로 보고. 진짜 개 같은 년. 어디 가서 좀 뒈졌으면 좋겠다.

"그만 생각해. 괜히 화만 나잖아."

"진짜 졸업하기 전에 어떻게든 그년 엿 먹이고 만다."

강민혁이 집으로 돌아가고 나는 공허하게 밤하늘을 바라보며 걷다가 김초희를 생각했다.

나도 이용당하고 있는 걸까. 왜 하필 그 타깃으로 날 잡았을까. 대체 무슨 생각으로 나한테 그러는 걸까.

4

김초희

잠에서 깼다. 나는 멍하니 곰팡이 핀 천장을 보다가 일어났다. 눈을 비비고 형광등 스위치를 눌렀다. 형광등은 정신을 못 차리고 몇 번을 깜박이다가 켜졌다. 좁아터진 방은 휑했다. 여기저기 깊게 패인 노란 장판 위에 낡아빠진 장롱과 낮은 서랍장 말고는 별다른 게 없었다.

나는 문을 막아놓은 장롱을 밀어내고 문을 열었다. 문을 열자마자 담배 찌든 내와 술 냄새가 콧속을 찔러왔다. 거실은 부엌과 같이 있었는데 꼭 큰 쓰레기통을 보는 것 같았다. 뒤집어진 양말과 바지가 아무렇게나 던져져 있었고, 구겨진 휴지와 술병이 사방으로 퍼져 있었다. 그리고 이리터짜리 생수병 안에는 담배꽁초와 침이 뒤죽박죽으로 섞여 있어 쳐다보기만 해도 구역질이 났다. 모르는 사람이 보면 전쟁이라도 났다고 생각할 만큼 처참한 광경이었다.

아빠의 짓이었다. 밖에서 뭘 하는지는 모르지만 아빠는 몇 달에 한 번 마음 내킬 때 집으로 돌아왔다가 며칠이 지나면 다시 사라졌다. 그 잠깐 사이에 늘 거실을 개판으로 만들어놨다. 처음에는 깨끗하게는 아니더라도 어느 정도는 정리를 했지만 이젠 포기했다. 그냥 여기는 내 공간이 아니다, 라고 생각하면 딱히 불편할 것도 없었다.

걸을 때마다 발바닥에는 먼지와 알 수 없는 부스러기들이 잔뜩 달라붙었다. 신발을 신고 다녀도 별 문제가 없는 집이었다.

나는 냉장고 문을 열었다. 안은 휑했다. 생수병을 꺼내 입을 대지 않고 물을 마셨다. 차가운 물이 빈속을 타고 흐르자, 잠이 깨면서 실감이 났다. 또 지긋지긋한 하루가 시작됐다.

샤워를 하고 머리를 말리는데 드라이기에서 골골거리는 이상한 소리가 났다. 곧 폭발할 것 같은 소리였다. 나는 신경 쓰지 않고 계속 사용했다.

터질 테면 터지라지.

다행인지 불행인지 드라이기는 폭발하지 않았다.

준비가 다 끝나고 거실에 있는 창문으로 밖을 내다봤다. 낡고 녹슨 방범창 사이로 좁고 지저분한 골목이 보였다. 감옥에서 창밖을 보면 이런 느낌일까.

방으로 들어가 장롱으로 문을 막았다. 아빠가 언제 들이닥칠지 모르니 확실히 막아놔야 했다. 창문을 넘어 밖으로 나와 학교에 갔다.

쉬는 시간마다 임채웅은 눈치를 보며 내 주변을 기웃거렸다. 빌려준 돈을 받고 싶어 하는 얼굴이었다. 나는 빌린 돈과 훔친 돈을 합쳐 그 아줌마에게 이십만 원을 보냈다. 현재 내 수중에 남은 돈은 하나도 없었다. 돈이 있더라도 달라질 건 없었지만.

학교 수업이 끝나고 아르바이트에 갔다. 아직 바쁜 시간이 아니라 손님은 한 테이블밖에 없었다. 일할 준비를 마치고 서 있는데 강민혁이 친구들과 와자지껄 떠들며 안으로 들어왔다. 사장은 반기며 인사를 했다.

강민혁은 자리에 앉더니 거만한 목소리로 나를 불렀다.

"야, 주문."

주문을 받고 테이블에 불판과 밑반찬을 까는데 강민혁이 말했다.

"야, 이거 그릇 더럽다. 바꿔와."

나는 아무 대답도 하지 않고 그릇을 바꿔줬다.

여섯 시가 넘어가면서 테이블이 채워지기 시작했다. 금방 식당 안은 소란스러워졌고 여기저기서 나를 불렀다. 술을 나르고, 부족한 반찬을 나르고, 고기를 나르고, 계산을 하고, 테이블을 정리했다. 아직도 사람 한 명을 못 구한 상태였다. 평소보다 손님이 몰려 더 바빴는데 강민혁은 계속 나를 불러내 별 잡다한 것까지 시켜댔다.

"야, 이거 내가 코푼 건데 좀 치워라."

학교 애들이 낄낄대며 나를 쳐다봤다. 나는 상대하는 것도 귀찮아 아무 말도 하지 않고 치웠다.

손님이 많아 돌아다니며 주문을 받고 있는데 컵 깨지는 소리가 들렸다. 고개를 돌려보니 강민혁이 웃고 있었다.

"야, 미끄러졌다. 이거 좀 치워라."

나는 깨진 컵을 정리하고 다시 일을 했다.

강민혁은 밥을 다 먹고도 가지 않고 오래 버티다가 계산대로 와서 현금을 내밀었다.

"여기선 말 잘 듣네. 하긴, 거지니까 열심히 돈 벌어야지. 또 올게."

강민혁이 가고 퇴근 시간이 가까워졌다. 쓰레기를 치우

고 밖에 있는 바람 간판의 바람을 뺐다. 마지막 손님을 보내고 테이블 정리를 끝내자, 사장이 말했다.

"고생했다. 퇴근해."

나는 문 앞에서 말했다.

"저 관둘게요."

"뭐? 갑자기 왜?"

"그냥 힘들어서요."

집으로 돌아와 샤워를 하고 방으로 들어갔다. 문을 막고 장롱에 등을 기대앉았다. 온몸에 진이 빠졌다. 눈을 감고 쉬고 있는데 밖에서 문 열리는 소리가 들렸다. 이곳에 올 사람은 한 명밖에 없다. 아빠였다. 아빠는 큰 목소리로 알아들을 수 없는 말을 해댔다. 술에 취해 욕을 하는 것이었다.

몇 달 만에 집으로 돌아온 걸까.

생각해봤지만 정확히 기억나지 않았다.

이번엔 며칠이나 있다가 사라질까.

며칠은 골치가 아프게 됐다. 괜히 마주쳤다간 돈을 뺏기고 얻어맞을 수도 있었다.

금방 내 방문 손잡이가 덜컥거리며 거칠게 움직였다. 아빠는 문이 잠긴 것을 확인하고 문을 두드렸다.

"야, 문 열어봐."

나는 귀에 이어폰을 꽂고 눈을 감았다. 핸드폰 볼륨을 높이고 있는데 장롱이 흔들렸다. 예전에는 문을 잠가놓기만 했는데 손잡이를 부수고 들어오는 바람에 장롱으로도 막기 시작했다. 나는 장롱이 흔들리는 걸 무시하고 딴 생각을 했다.

　장롱은 한참을 흔들리다가 멈췄다. 이어폰을 빼자, 밖에서 코고는 소리가 들려왔다. 나는 불을 끄고 바닥에 앉아 잠깐 깜깜한 방 안을 응시했다. 오늘 하루도 끝이 났다. 내가 할 수 있는 최선이었다. 오늘 하루를 무사히 끝내는 것. 내일을 생각하는 건 사치였다. 그런 걸 생각하기엔 하루가 너무 길었다.

　나는 이불 속으로 들어가 눈을 감고 기도했다. 내일은 눈이 떠지지 않게 해달라고.

5
임채웅

창밖을 내다보니 세상이 회색빛으로 물들어 있었다. 금방이라도 비가 쏟아질 것 같았다. 나는 우중충한 밖을 내다보다가 우산을 들고 학교에 나갔다.

교실 뒤편에 있는 우산 꽂이에 우산을 넣고 자리에 앉았다. 김초희는 자리로 가고 있었다. 나는 오늘은 돈을 갚지 않을까, 하는 헛된 기대를 했다. 쿨하게 잃어버렸다고 생각하기엔 팔만 원이 내게 너무 큰돈이었다.

나는 김초희를 주시했다. 별다른 점은 없었고 내게 돈을 돌려줄 생각도 없어 보였다. 나는 어제부터 쉬는 시간마다 그 애와 마주치려고 노력했다. 그러면 빌린 돈이 떠오를

테고 어떤 식으로든 불편을 느낄 것이라고 생각했다. 하지만 그 애는 마주칠 때마다 일말의 주저 없이 나를 지나갔다. 표정에도 일절 변화가 없었다. 내 이해력으로는 헤아릴 수 없을 지경의 뻔뻔함이었다.

좌절한 채 자리에 앉아 있는데 강민혁이 왔다.

"야, 채웅아. 나 볼펜 좀 빌려줘라."

"그때 빌려준 건?"

"아, 그거 잃어버렸어."

매일 볼펜을 빌려가고 잃어버리기를 반복하고 있었다. 하지만 여기서 볼펜 하나 때문에 뭐라고 한다면 날 이상하게 볼 게 뻔했다.

점심시간이 되고 김선우와 밥을 먹으러 갔다. 강민혁은 중학교에 와서 친해진 남자애들하고 이미 먹고 있었다.

김선우가 별로 좋아하지 않는 애들이라 멀리 가려고 했는데 강민혁이 우리를 보고 손을 흔들었다.

"야, 여기 자리 있다. 여기서 먹어!"

눈이 마주치는 바람에 어색하게 그쪽으로 갔다. 김선우와 마주보고 앉았는데 옆에서 거의 욕만 들려왔다. 무슨 대화인지도 제대로 파악할 수 없었다. 거의 모든 말이 시발에서 시발로 끝났다.

강민혁은 자리에서 일어나다가 내 어깨를 툭툭 쳤다.

"채웅아, 나 천 원만 빌려줘라. 음료수 좀 사먹게."

"나 용돈 다 썼잖아."

"아, 맞다. 자꾸 까먹네. 먼저 간다."

김선우가 언짢은 얼굴로 말했다.

"쟤 예전에는 안 저랬는데. 왜 저렇게 변했지? 같이 다니는 애들 때문인가?"

"정신 차리겠지."

"너무 심해졌어."

점심을 먹고 교실에 올라갔다. 자리에 앉는데 홍다은이 말했다.

"저기, 채웅아."

"왜?"

"나 삼천 원만 빌려줄래?"

"미안, 나 지금 돈 없어."

"아, 진짜? 너 용돈 많이 받잖아."

"이번에 다 써가지고."

칠교시가 끝나고 교과서를 정리하려고 사물함으로 갔다. 정리를 끝내고 자리로 돌아가려는데 강민혁에게 빌려줬던 볼펜이 교실 바닥에 나뒹굴고 있었다. 내 볼펜인지 확신이 서지 않았지만 일단 먼지가 잔뜩 묻은 볼펜을 주웠다. 아무리 봐도 내 볼펜처럼 보였다. 강민혁은 친한 남자애들과 떠들고 있었다.

나는 그쪽으로 가서 조심스럽게 말했다.

"민혁아. 볼펜은?"

"아, 맞다! 볼펜 빌렸지."

강민혁은 자기 자리를 이리저리 둘러보고 책을 뒤적이다가 말했다.

"어? 없어졌다."

"잃어버렸어?"

"그런 것 같은데. 근데 너 볼펜 때문에 여기까지 온 거야?"

"아니, 책 넣으려고 왔다가 생각나서."

"되게 사소한 것도 기억하네. 야, 볼펜 얼마나 한다고 그래. 내가 하나 사줄게."

그 말 때문에 주변 애들이 키득거리며 웃었다.

"그거 비싼 거야?"

"괜찮아."

종례가 끝나고 우산 꽂이로 걸어갔다. 반 애들이 마구잡이로 손을 뻗어 자신의 우산을 가져갔다. 내 우산을 찾고 있는데 똑같이 생긴 우산이 누군가의 손에 들려 밖으로 나가고 있었다.

나는 그 손을 따라가 얼굴을 확인했다. 김초희였다. 같은 우산일 수도 있어 한 번 더 확인했지만 휑뎅그렁한 통만 남아 있었다.

강민혁이 내 옆으로 와서 말했다.

"안 가고 뭐해?"

"잠깐만, 나 급한 일 생겨서 먼저 가볼게!"

김선우와 강민혁이 무슨 말을 하려고 했지만 나는 밖으로 뛰어나갔다.

김초희는 내 우산을 쓰고 유유히 운동장을 빠져나가고 있었다. 나도 따라가야 했지만 비가 퍼붓는 바람에 멈칫했다. 나는 하늘에서 쏟아지는 비를 바라봤다. 우산도, 우산을 살 돈도 없었다. 돈도 우산도 김초희에게 모두 뺏겨버린 것이다.

나는 빗속으로 들어가 김초희를 쫓아갔다. 내 우산이 다른 사람의 손에 들려 너무 당당하게 내게서 멀어져갔다. 운동장을 나왔을 뿐인데 교복이 다 젖었다.

김초희는 바로 윗동네로 올라갔다. 강민혁 때문에 몇 번 가본 적이 있었는데 사람이 살 만하다고는 생각이 안 들

정도로 낡은 동네였다. 담도, 가로등도, 집도, 바닥도 죄다 이십 년 전에나 있을 법한 것들이었다. 곳곳에 금이 가고, 검은 때가 끼고 부서져 있었다. 누가 보더라도 온전하지 못한 동네였다.

나는 골목에서 김초희를 불렀다.

"야, 김초희!"

그 애가 뒤를 돌아 머리부터 발끝까지 몽땅 젖은 나를 무덤덤하게 쳐다봤다.

"왜."

"그 우산 내 건데, 왜 네가 가져가?"

"네 우산이야? 몰랐네."

"왜 네 것도 아닌데 막 가져가?"

"우산이 없으니까."

"장난해? 내가 만만해 보여?"

"응. 만만해 보여."

"뭐?"

"누가 뭐 달라고 하면 고분고분 다 내주고, 누가 뭐 해 달라고 하면 군말 없이 다 해줘서 나도 한 번 그래본 거야. 얼마나 호구인지 보려고."

그 애는 양철 지붕 밑으로 들어가 우산을 접고 내게 내밀었다. 나는 멍한 상태로 우산을 받았다.

"네가 호구처럼 사니까 당하는 거야. 평생 그렇게 살아. 하라는 대로 하고, 달라는 대로 다 주는 호구로."

"내가 언제 그랬는데?"

"너 강민혁이 시키는 대로 다 하잖아. 달라는 대로 다주고. 아니야? 나도 똑같이 한 거야."

"너랑 개랑 같아? 걘 초등학교 때부터 나랑 친구였어. 친구니까 그 정도는 해주는 거야. 근데 넌 뭔데?"

"그럼 학교 애들은 뭔데."

"걔네들은 부탁을 해. 너처럼 막무가내로 안 가져간다고."

"그럼 부탁하면 되는 거야? 나 십만 원만 빌려줘. 부탁이야."

그 애는 우습다는 표정으로 나를 보다가 집으로 들어가 버렸다. 너무 어처구니없는 일을 겪으니 정신이 멍했다. 나는 얼굴에 묻은 빗물을 쓸어내고 골목길을 빠져나왔다.

물에 젖은 생쥐 꼴로 집에 도착했다. 나는 현관에 가만히 서서 빗방울이 내 몸에서 뚝뚝 떨어지는 걸 지켜봤다. 새 학년으로 올라왔으니 새로운 삶을 살아보자, 뭐 그런 걸 바란 건 아니었다. 그저 어떻게든 조용히 지내고 싶었다. 딱 그거 하나만 바라왔는데 내겐 그것조차도 용납되지 않는 듯했다.

왜 하필, 김초희와 다시 만나게 됐을까.

다른 사람이 그랬다면 그러려니 넘어가줄 수 있었지만 김초희한테만큼은 그래줄 수가 없었다.

오랜만에 느끼는 격렬한 분노였다. 나는 물에 젖은 내 꼬라지를 보면서 다짐했다.

어떻게든 복수를 해야겠다.

샤워를 하고 침대에 누웠다. 비를 맞아서인지 열이 살짝 오르는 것 같았다. 나는 하얀 천장을 보면서 김초희를 생각했다.

대체 나한테 왜 이러는 걸까.

6
김초희

비가 깨끗하게 그쳤다. 교실에 들어가다가 임채웅과 마주쳤는데 나는 신경 쓰지 않고 자리로 가서 엎드렸다.

푹 잠을 자다가 삼교시에 깼다. 사교시가 수학 시간이었는데 깐깐한 선생이라 교과서가 필요했다. 사물함으로 가서 교과서를 살펴보는데 보이지 않았다. 몇 번 더 확인해 보고 자리로 돌아와 책상 서랍과 가방을 살펴봤다. 여기에도 없었다.

교과서를 건드린 기억은 없었다. 딱히 학교 말고 쓸데도 없었다. 그렇다면 다른 사람이 건드렸다는 소리였다. 교과서를 가져오지 않았거나 나를 싫어하는 애일 가능성이 컸다.

반 애들을 둘러봤다. 거의 모두가 나를 싫어했다. 그렇다면 나를 극도로 싫어하는 애를 찾아보기로 했다.

강민혁? 아니면 임채웅?

나는 잠깐 생각을 하다가 그다지 큰일이 아니라 엎드렸다. 혼나면 그만이었다.

종이 울리고 수학 선생이 들어왔다. 선생은 들어오자마자 꼬투리를 하나라도 잡아보려고 교실을 돌아다녔다. 책상 위에 교과서가 없는 나를 노려보고 말했다.

"야, 너 책 어디 있어?"

"안 가져왔어요."

"수업 시간에 책이 없어? 말이 돼?"

나는 아무 대답도 하지 않았다.

"너 뒤로 나가 서 있어."

나는 군말 없이 뒤로 나갔다. 뒤에서 시간이나 때울 겸 누가 그랬을지 추측해봤다. 반 애들을 한 명씩 보다가 임채웅과 눈이 마주쳤다. 그 애는 곧바로 시선을 돌렸다. 꼭 자기가 그랬다고 알려주는 것만 같았다.

종례가 끝나고 집으로 가는데 골목에서 임채웅이 나를 불렀다.

"야."

그 애가 뻔뻔한 얼굴로 수학책을 내밀며 말했다.

"이거 가져가. 네 거야."

나는 무덤덤하게 임채웅에게 다가갔다. 그 애는 긴장한 얼굴로 살짝 몸을 뒤로 뺐다.

나는 딱히 신경 쓰지 않고 교과서를 받았다. 그리고 집에 들어가려는데 임채웅이 말했다.

"왜 아무 말도 안 해?"

"굳이 해야 돼?"

"호구한테 당하는 사람도 있네."

나는 모든 걸 인정한다는 얼굴로 고개를 끄덕였다.

주말이었다. 장롱을 밀어내고 문에 귀를 붙여 거실 소리를 들어봤다. 잠잠했다.

아빠가 다시 어디로 떠났을까.

거실로 나왔다. 여전히 거실은 난장판이었다. 이런 곳에서 어떻게 사람이 잠을 잘 수 있는지 의아했다. 나는 바로 현관 쪽을 확인했다. 아빠가 사라질 때마다 들고 다니는 등산용 배낭이 놓여 있었다. 배낭이 있는 걸 보니 아직 집을 나가지는 않은 것 같았다.

며칠이나 더 있으려는 걸까. 최대한 빨리 사라져버렸으면……

나는 아르바이트를 구하려고 여기저기 연락을 해봤다. 전화를 받는 사장들은 대부분 내 나이를 물어봤다. 중학생이라고 말하면 너무 어리다며 거절했다.

하루 종일 전화를 했는데 세 군데에서 와보라고 했다. 다 식당이었다.

약속 시간에 맞춰 밖으로 나왔다. 거리가 꽤 멀었지만 버스비 따위로 돈을 쓸 수는 없었다.

삼십 분 정도 걸으니 전화를 했던 족발집이 보였다. 일곱 시쯤이었는데 테이블이 꽤 차 있었다.

사장이 나를 보고 말했다.

"어서 오세요."

"아르바이트 구하러 왔어요. 아까 연락드렸는데."

"아, 그렇구나."

사장은 옆에 있던 사람한테 말을 하고 밖으로 나왔다. 야외에 있는 테이블에 앉아 사장은 나를 유심히 보다가 말했다.

"근데 너무 어려 보이네. 나이가 몇이야?"

"열여섯 살이요."

"고등학생인가?"

"아니요, 중학생이요."

"중학생? 너무 어린데. 우리 가게 새벽까지 해야 되는데. 그거 못 하지 않나?"

"상관없어요."

사장은 못 미더운 눈으로 나를 보다가 고개를 끄덕이고 말했다.

"그럼 생각해보고 오늘 안으로 결정할게요. 연락 안 오면 안 된 걸로 생각해요."

"네."

막판에 갑자기 존댓말을 쓰는 걸 보니 꽝인 듯했다. 다음 아르바이트 면접을 보러 갔다. 고깃집이었다. 정반대에 있었지만 꿋꿋하게 걸어갔다.

고깃집에 들어가 아르바이트를 구하러 왔다고 말하자 사장은 너무 애기가 왔다며 안 되겠다고 했다.

이럴 거면 애초에 나이를 물어보든가.

세 번째 식당에서도 비슷한 이유로 거절당하고 쫓겨나듯이 밖으로 나왔다. 이미 해는 저물어 있었다. 집으로 돌아가는데 너무 걸어서 그런지 발바닥이 뜨거웠다.

축 처진 채 골목으로 들어가는데 뒤에서 발소리가 들렸다. 돌아보니 아빠가 오고 있었다. 오랜만에 보는 얼굴이었다. 혼자만 시간을 앞질러갔는지 전에 봤을 때보다 십

년은 더 늙어 보였다. 머리카락과 수염은 지저분하게 자라 있었고, 얼굴은 검은 빛이 돌았다.

머릿속에서 도망쳐야 한다고 알려왔지만 뛸 힘이 없었다. 될 대로 되라지.

아빠는 다가와 술에 취해 흐릿한 눈으로 나를 보고 소리 쳤다.

"야, 이년아! 아빠를 봤으면 인사를 해야지."

나는 아무 말도 하지 않았다.

"이년이 끝까지 안 하네."

아빠가 내 뒤통수를 내리쳤다. 나는 휘청거리다가 균형을 잡았다.

아빠가 손을 내밀고 말했다.

"돈 있는 거 다 줘봐. 금방 돌려줄 테니까."

내가 대꾸하지 않자, 아빠가 내 주머니에 손을 뻗었다.

나는 뒤로 물러나면서 말했다.

"손대지 마."

"뭐, 손대지 마? 이년이 미쳐가지고."

아빠가 내 얼굴에 주먹을 날렸다. 잠깐 시야가 어두워졌다가 되돌아왔다. 정신을 차려보니 아빠가 내 주머니에서 얼마 안 되는 돈을 꺼내고 있었다.

"지 애미 닮아가지고 애새끼가 싸가지가 없어."

아빠가 현금을 셌다. 나는 주머니에 있는 커터 칼을 꺼내 아빠의 팔을 그었다. 아빠가 놀라서 소리를 지르다가 돈을 떨어뜨렸다. 나는 서둘러서 돈을 주웠다. 빨리 도망칠 생각으로 허겁지겁 돈을 줍고 있는데 갑자기 얼굴로 발이 날아왔다. 눈앞이 하얘지면서 몸이 뒤로 날아갔다.

아빠는 떨어진 돈을 주우면서 말했다.

"이 미친년이 아빠를 칼로 찔러? 넌 오늘 뒤졌어."

나는 아빠가 돈을 다 줍기 전에 힘겹게 일어났다. 머리가 핑핑 돌고 눈앞이 흔들렸지만, 칼을 내밀고 말했다.

"돈 돌려줘!"

"미친년."

아빠는 돈을 주머니에 넣고 고래고래 소리를 지르면서 욕을 해대다가 골목을 나가버렸다.

나는 텅 빈 골목을 바라봤다. 언니의 얼굴이 눈앞에 아른거렸다.

나쁜 년, 나도 데려가지.

손목에 있는 붕대를 풀고 커터 칼을 들어올렸다. 눈을 감고 손목을 찍으려는데 뒤에서 발소리가 들렸다. 뒤를 돌아보니 임채웅이 서 있었다. 또 그 애였다.

언제부터 있었을까. 임채웅은 걸음을 멈추고 나를 쳐다봤다. 그 애의 눈이 선명하게 보였다. 내가 너무 잘 알고 있는 눈이었다. 자기 때문에 모든 게 망가져버렸다는 눈, 불행으로 가득 찬 눈.

임채웅은 공허한 얼굴로 발걸음을 떼더니 나를 지나갔다. 나는 쥐었던 커터 칼을 떨어뜨렸다. 커터 칼이 바닥에서 몇 번 튕기다가 멈췄다.

나는 멍하니 멀어져가는 임채웅을 바라보다가 고개를 떨어뜨렸다.

7

임채웅

주말에 애들과 같이 번화가에 갔다. 토요일이라 그런지 전철 안부터 사람이 엄청 많았다. 밖으로 간신히 나와 김선우와 같이 강민혁을 따라다녔다.

한 시간 정도 주변을 돌아다니다가 배가 고파 밥을 먹으러 냉면 가게에 들어갔다.

강민혁은 음식을 주문하고 말했다.

"채웅아. 너 홍다은이랑 친하냐?"

"홍다은?"

"너 짝이잖아. 친할 거 아니야."

"그냥 가끔 얘기는 해. 왜?"

"사귈까 고민 중이야."

강민혁은 들어보라면서 들뜬 얼굴로 홍다은과 있었던 사소한 일들을 일일이 말하기 시작했다. 수업 시간에 자주 눈이 마주친다, 학교 수업이 끝나면 잘 가라고 인사를 해준다, 한 번은 바지에 뭐가 묻었는데 친절하게 알려줬다…….

솔직히 얘기만 들었을 때는 같은 반이면 누구나 그럴 수 있을 법한 일들이라 뭐라고 말해야 할지 난감했다. 여기서 솔직하게 말하면 강민혁은 더 세부적인 상황을 들먹이면서 이래도 아닌 것 같냐고 따져 물을 게 분명했다.

"나한테 관심 있는 것 같지?"

나는 고민하다가 어색하게 말했다.

"뭐, 그런 것 같네."

"그치? 조금 더 넘어오게 하고 고백해야겠다. 다음 주에 할까?"

"다음 주?"

"왜? 너무 일러?"

"좀 그렇지 않아?"

"그럼 다다음주는 어때? 주말에 집 비니까 놀자. 고백하고 기분 좋게 놀면 되겠네."

"부모님 어디 가셔?"

"할머니 집. 생신이셔서."

"넌 안 가?"

"내가 가서 뭐 하냐. 거기 할 것도 없어. 컴퓨터도 없고 텔레비전도 채널 몇 개 안 나와. 할 거 존나 없어. 그냥 하루 종일 핸드폰만 보고 있어야 돼."

김선우가 좀 아니라는 얼굴로 말했다.

"그래도 가는 게 맞지 않냐?"

"아, 몰라. 주말 그렇게 날리고 싶지 않다. 이미 안 간다고 했어. 일단 그날 시간 비워놔. 우리 집에서 놀자."

밥을 다 먹고 계산을 하려는데 강민혁이 말했다.

"채웅아, 나 이것 좀 내주라."

"어?"

"나 돈이 별로 없어서, 이것만 좀 내줘."

내가 머뭇거리자 김선우가 말했다.

"너도 돈 있으면서 뭘 내달라고 하냐?"

"별로 없어서 그래. 이번 달 용돈 거의 다 썼어."

"그럼 여기 오지 말았어야지."

"아, 뭐 어때. 채웅이 용돈도 많이 받는데."

나는 괜찮다는 얼굴로 김선우의 팔을 잡고 밥값을 대신

내줬다.

근처에 있는 노래방에서 놀다가 밖으로 나오자 하늘이 깜깜해져 있었다. 집에 가고 싶었지만 강민혁은 갈 생각이 없어 보였다. 조금 더 주변을 배회하다가 김선우가 말했다.

"이제 집에 가자."

"뭘 벌써 가. 이제 시작인데."

"피곤해. 할 것도 없잖아."

전철을 타고 가는 내내 강민혁은 구시렁거렸고 김선우는 무시했다.

역에서 나오자, 강민혁이 자연스럽게 내 어깨에 팔을 올렸다.

"가자, 채웅아."

역에서 강민혁의 집과 우리 집은 정반대였지만 늘 이런 식이었다. 하루 종일 돌아다니느라 피곤했다. 내가 대답을 못 하고 머뭇거리는데 김선우가 말했다.

"야. 채웅이 집 먼데, 그러고 싶냐?"

"원래 우리는 맨날 이랬어. 너만 의리 없이 늘 먼저 가버렸지."

"네 집까지 같이 가는 게 의리냐?"

"이거 가지고 말을 또 그렇게 하나?"

"야, 임채웅. 너도 좀 적당히 해."

나는 할 말이 없어 시선을 밑으로 내렸다.

"아, 진짜 답답하다. 간다."

김선우가 가고 강민혁이 인상을 썼다.

"저 새끼 왜 자꾸 별것도 아닌 걸로 시비야?"

나는 아무 말도 하지 않았다.

"채웅아, 나 담배 하나만 피울게."

나는 고개를 끄덕이고 옆에 서 있었다. 강민혁이 담배를 피우다가 전화를 받았다. 학교 애들인 것 같았다.

전화를 끊고 강민혁이 말했다.

"나 약속 생겼다. 같이 가자."

"어딜?"

"예전에 골목 많아서 숨어서 담배 피우던 데 알지?"

김초희가 사는 동네였다. 예전에 형들 때문에 강민혁이 거기에 숨어서 담배를 많이 피웠다.

"거긴 왜?"

"거기 언덕 올라가면 폐가 있거든. 애들 거기서 술 마시고 있대."

"근데 내가 거길 왜 가."

"거기 존나 깜깜해. 같이 가주라."

나는 거절하지 못했다.

김초희가 사는 동네로 갔다. 골목에서 더 깊숙이 들어가자 언덕으로 올라가는 길이 나왔다. 가로등이 거의 없어 무척 컴컴했고, 인기척도 없었다.

강민혁은 이리저리 두리번거리다가 말했다.

"봐, 엄청 깜깜하지?"

"그렇네."

틈틈이 전봇대가 서 있었고 하늘을 보면 전선이 난잡스럽게 뻗어 있었다. 언덕을 오르면서 주변을 기웃거려봤지만 고양이 한 마리조차 볼 수 없었다. 드문드문 유리창으로 불빛이 새어나오긴 했지만 사람이 사는 동네가 맞는지 의심스러울 정도로 조용했다.

중간쯤 언덕을 올라왔을 때 강민혁이 언덕 끝 쪽에 있는 집 옥상을 가리키며 말했다.

"저기 애들 보이지?"

자세히 보니 사람의 형체가 보였고, 조금 더 다가가자 노래 소리도 들려왔다.

대문을 뜯어버린 건가.

폐가 입구는 뻥 뚫려 있었다. 시멘트 바닥은 다 깨져 있었고, 금이 간 곳엔 잡초가 자라 있었다. 마당에서 폐가 안을 들여다봤지만 컴컴해서 아무것도 보이지 않았다. 마당을 조금 걸으니 옥상으로 올라가는 계단이 나왔다.

계단을 오르자 학교 애들이 보였다. 어디서 가져왔는지 몇 명은 플라스틱으로 된 의자에 앉아 핸드폰을 보고 있었고, 몇 명은 담배를 피우고 있었다. 핸드폰에서 울려대는 노래가 귀가 아플 정도로 시끄러웠다.

술을 마시던 한 남자애가 우리를 보고 말했다.

"어, 왔어?"

강민혁이 나를 붙잡고 말했다.

"야, 채웅아. 좀 놀다 가자."

"나 먼저 가볼게."

강민혁은 몇 번 더 붙잡고 늘어지다가 포기하고 말했다.

"알았어, 학교에서 봐."

폐가를 나와 언덕을 내려가는데 속 안이 꽉 막힌 것처럼 답답했다. 아무리 숨을 내뱉어봐도 그 느낌은 사라지지 않았다.

언덕을 내려와 골목으로 들어가는데 시끄러운 소리가 들려왔다. 고개를 들어보니 김초희가 보였다. 그 애가 어떤 아저씨와 실랑이를 벌이고 있었다. 들려오는 얘기로는 아버지인 듯했다.

나는 걸음을 멈추고 가만히 서 있었다. 김초희는 아저씨의 팔을 칼로 찍었고, 아저씨는 그 애의 얼굴을 발로 걸어찼다.

김초희가 정신을 못 차리고 휘청거리고 있는 사이에 아저씨는 욕을 하다가 유유히 골목을 빠져나갔다.

그 애는 나를 등지고 서서 텅 빈 골목을 보다가 붕대를 풀고 반대편 손을 들어올렸다. 그 손에 커터 칼이 쥐어져 있었다. 뭘 하려는지 알 것 같았다.

다급히 발걸음을 떼니 김초희가 뒤를 돌아봤다. 눈이 마주치자, 찻길에서 봤던 눈빛이 떠올랐다. 나는 그 눈을 빤히 바라보다가 그 애를 지나쳐갔다.

월요일, 학교에 나갔다. 교실에 들어가는데 아저씨한테 맞던 김초희의 모습이 떠올랐다. 잠깐 그 애의 자리를 봤는데 엎드려 있었다.

하필 그런 걸 봤어.

신경이 쓰였다.

삼교시가 끝나고 체육 시간이 됐다. 사물함에 처박아둔 체육복을 꺼내려고 갔다. 사물함에는 체육복이 없었다. 나는 당황해서 다시 한 번 사물함을 확인하고 의미 없이 책을 뒤적이기까지 했다. 집으로 체육복을 가져간 적이 없었다. 나는 주변을 두리번거렸다.

김초희가 내 옆으로 와서 자신의 사물함에서 체육복을
꺼내다가 말했다.

"체육복 없어?"

나는 고개를 끄덕이고 그 애의 얼굴을 봤다. 왼쪽 눈에
멍이 들어 있었고, 코가 살짝 부어 있었다.

"기다려봐. 갖다줄게."

"어?"

"나 체육복 하나 더 있으니까 기다려보라고."

나는 의아하게 그 애를 쳐다봤다.

김초희가 자기 자리로 돌아갔다. 어쩌면 돈도 갚지 않고
우산을 마음대로 가져갔던 게 미안해졌을 수도 있었다.

그래도 양심은 있구나.

김초희는 금방 가방에서 체육복을 꺼내 내게 가져왔다.

"이거."

"고마워."

체육복을 받긴 받았지만 뭔가 꺼림칙했다.

갑자기 왜 잘해줄까?

불안했지만 일단 갈아입긴 해야 해서 나는 화장실로 갔다.

옷을 갈아입고 교실에 들어왔는데 한 남자애가 사물함

주변을 서성이면서 체육복이 없어졌다고 했다. 뒤통수가 서늘해졌다.

나는 내가 입은 체육복을 훑어보다가 그 남자애에게 말했다.

"혹시, 이거 네 거야?"

"뭐냐, 등에 낙서 돼 있네? 내 옷 맞는데, 왜 네가 입고 있어?"

"미안, 몰랐어."

체육복을 돌려주자 그 남자애가 따져 물었다.

"근데 왜 네가 입고 있냐고."

"미안, 잘못 보고 내 건 줄 알았어."

그 남자애는 나를 노려보다가 밖으로 나갔다. 빨리 다른 반 애들에게 체육복을 빌려야 했는데 종이 울렸다. 다급하게 복도로 나가 다른 반을 돌아다녔지만 이미 다들 수업 준비를 끝내고 조용히 자리에 앉아 있었다.

큰일이었다. 체육 시간인데 체육복이 없었다. 지금까지 한 번도 그래본 적이 없었고 그런 걸 본 적도 없었다. 나는 눈을 이리저리 움직이며 교실을 훑어보다가 운동장으로 뛰어나갔다.

운동장에서 반 애들이 줄을 맞추고 있었다. 나 혼자만

교복을 입고 그 사이로 들어갔다. 반 애들이 다 나를 한 번씩 쳐다봤다.

김선우가 내 팔을 붙잡고 말했다.

"너 왜 교복이야?"

"안 가져왔어."

"빌리지, 뭐 했어?"

나는 착잡한 상태로 김초희를 쳐다봤다. 그 애는 태연하게 앞을 보고 있었다.

체육 선생님이 밖으로 나와 나를 보자마자 미간을 구겼다.

"넌 뭐냐?"

"죄송해요."

"장난하나, 쉬는 시간에 안 빌리고 뭐 했어? 여기 와서 뻗쳐."

나는 선생님 옆에서 엎드려뻗친 자세를 했다. 차가운 흙이 손바닥을 따갑게 했다. 몇 분 지나지도 않았는데 팔이 아프면서 손바닥엔 모래 알갱이 자국이 생겼다.

나는 선생님의 눈치를 보며 다리를 살짝 내렸다가 올리기를 반복했다. 다리와 팔이 후들거렸다.

지금 내 모습을 보면서 김초희는 무슨 생각을 할까. 이겼다고 좋아하고 있을까?

힘이 들어 다리 한쪽을 살며시 내리는데 선생님의 목소리가 위에서 나를 쏘아붙였다.

"야, 똑바로 안 해?"

체육 시간에 뭘 할지에 대한 설명이 끝나고 나서야 난 일어날 수 있었다. 얼굴에서 열이 오르고 땀방울도 맺혔다.

체육 시간에 반 애들은 농구를 배웠다. 나는 제외돼서 계속 선생님 옆에 있어야만 했다. 반 애들은 레이업 슛을 배우면서 골대에 공을 던졌다.

골대 뒤에서 아이들을 지켜보는데 김초희의 차례였다. 그 애는 아무렇지 않게 공을 던졌다. 공이 골대를 맞고 팅겨져 내 쪽으로 굴러왔다. 나는 공을 쳐다보다가 잡았다. 김초희가 다가와 말했다.

"야, 공 줘."

나는 어이가 없어서 가만히 김초희를 쳐다봤다. 김초희는 뭐 하느냐는 얼굴로 내 손에서 농구공을 빼갔다. 내게 조금의 미안함도 없어 보였다. 나는 지금까지 순응적으로 뺏기기만 했다. 돈도, 우산도.

그저 딱 한 번 너무 어이가 없어서 수학책을 빼돌렸을 뿐인데 이런 꼴을 당하고 있었다.

대체 내 체육복은 어디로 갔을까.

나는 고개를 들어 하늘을 봤다. 푸른 하늘에 하얀 구름이 동동 떠다녔다.

체육복을 다시 사야 할까, 아니면 다른 애들처럼 빌려 다닐까?

체육 시간이 끝나고 교실로 돌아갔다. 나는 한 번 더 사물함과 자리를 구석구석 살펴봤지만 체육복은 보이지 않았다.

종례가 끝났다. 나는 애들과 헤어지고 낡은 골목길로 뛰어갔다. 김초희 뒷모습이 보였다.

"야, 김초희!"

그 애가 걸음을 멈추고 날 봤다.

"장난해?"

"아, 맞다. 옷 잘못 줬지?"

김초희가 가방의 지퍼를 열더니 파란색 체육복을 꺼냈다. 내 이름이 쓰인 체육복이었다.

"가져가. 네 거야."

그 애가 손을 뻗어 내 눈앞에 체육복을 내밀었다. 체육복이 내 앞에 축 늘어졌다. 나는 아무 말 없이 체육복을 받았다.

"안 하던 짓 하니까 그렇게 되는 거야. 왜 호구처럼 살다가 갑자기 아닌 척 해? 그냥 살던 대로 살아."

그 말을 듣고 나니 할 말을 잃어버렸다. 김초희는 같잖다는 얼굴로 날 한 번 보고는 가버렸다. 이런 식이면 난 계속 당할 수밖에 없었다. 상대방은 사람을 엿 먹이는 데 최적화된 인간이었다. 다르게 접근해야만 했다.

어떻게 김초희를 창의적으로 엿 먹일 수 있을까?

8
김초희

내 삶은 밑 빠진 독에 물 붓기다. 아니, 차라리 밑 빠진 독에 물을 붓는 게 나을 수도 있다. 내 삶은 하루하루 최선을 다한다 해도 마이너스니까.

죽어라 아르바이트를 해서 번 돈은 집에서 나가는 비용과 생활비로 거의 다 썼다. 이런 집에 살면서 그만한 돈을 쓸 바에야 다른 집을 찾아보려고 했지만 부모님의 동의 없이 미성년자가 혼자 할 수 있는 건 아무것도 없었다.

아르바이트도 마찬가지였다. 학교에서 잘 수 있으니 새벽까지 일을 하고 싶었지만 새벽 일에 중학생을 써주는 곳은 없었다. 중학생이 할 수 있는 일은 기껏 해봐야 식당에서 서빙을 하거나 전단지를 돌리는 것뿐이었다.

학교에 있는 시간, 아르바이트 하는 시간을 제외하면 내게 주어지는 시간은 새벽이나 주말뿐이었다. 그 시간 동안 내가 할 수 있는 최선은 사람을 이용하거나 돈을 훔치는 것이었다.

비난을 받는 것쯤이야 얼마든지 할 수 있었다. 절도범으로 잡혀가게 된다 해도 상관없었다. 그러지 않으면 살아남을 수가 없었다.

학교에 나갔다. 교실로 가는데 복도 맞은편에서 임채웅이 걸어왔다. 어제 일 때문인지 꽤 화가 난 얼굴이었다. 나는 한 번 비웃음이 담긴 미소를 지어주고 교실에 들어갔다.

사교시까지 쭉 자다가 점심을 먹고 자리로 돌아와 다시 엎드렸다. 눈을 감고 잠을 자려는데 누군가가 내 어깨를 툭 건드렸다. 고개를 들어보니 임채웅이 서 있었다.

"너, 담임이 오래."

"왜."

"내가 다 말했어."

"뭘."

"네가 나한테 한 짓."

나는 가만히 임채웅의 얼굴을 보다가 자리에서 일어나

교실을 나왔다. 거짓말에 소질이 없는 애다. 나는 물을 마시고 잠깐 복도를 배회하다가 교실로 돌아갔다.

임채웅은 문이 열릴 때마다 일일이 들어오는 사람을 확인하고 있었는지 내가 들어오자, 나를 한 번 보고는 곧바로 고개를 돌렸다.

나는 그 애에게 다가가 말했다.

"야."

"왜?"

"너 선생님이 내려오래."

"……왜?"

"장난쳐서. 그거 거짓말이라며. 선생님한테 네가 선생님 기만한 것 같다고 그랬더니 너 내려오래."

임채웅이 당황한 얼굴로 나를 쳐다봤다.

"빨리 가봐. 화나신 것 같은데."

그 애는 어쩔 줄 몰라 하다가 자리에서 일어났다. 나는 자리로 가서 문을 지켜봤다. 돌아오면 한 번 비웃어주고 싶었다.

십 분 정도가 지나고 임채웅이 들어왔다. 눈이 마주쳐서 나는 미소를 지어주었다.

학교 수업이 끝나고 집으로 돌아가 옷을 갈아입었다. 어제 아르바이트를 구했다. 웬만하면 식당을 알아보려고 했는데 써주질 않아 전단지 아르바이트를 하게 됐다. 시급이 제일 높은 곳이었는데 대출 업체였다.

아직 정식으로 고용된 건 아니었고 일단 오늘 하루 일을 해보기로 했다. 어려서 간을 보는 것 같았는데 농땡이만 안 부리면 크게 문제될 건 없었다.

시간에 맞춰 밖으로 나갔다. 역에서 기다리고 있자, 낡고 작은 승합차 한 대가 왔다. 나는 그쪽으로 갔다.

아저씨는 못 미덥다는 눈으로 나를 훑어보다가 말했다.

"엄청 어리네. 잘할 수 있겠냐?"

"네."

"알았다, 타."

뒷자리에 전단지가 쌓여 있었다. 인신매매나 납치는 아닌 듯했다. 나는 차에 올라탔다.

아저씨는 운전하면서 다시 한 번 일을 설명했다. 돌아다니면서 전단지를 아파트나 빌라에 뿌리고, 주차된 차 와이퍼에 끼워 넣으면 됐다. 다른 동네에 가서 전단지를 돌리는 건 처음이었다.

삼십 분쯤 이동하다가 차가 멈췄다. 아저씨는 뒷자리에 있던 전단지 묶음을 내게 주고 말했다.

"이 동네 돌아다니면서 뿌리면 돼. 아홉 시에 여기로 올 테니까 시간 맞춰서 와. 똑바로 해라."

"네."

처음 보는 동네였지만 낯설지가 않았다. 낡고 허름해서 그럴까. 나는 전단지를 들고 움직였다.

엘리베이터가 거의 없는 곳이었다. 일일이 계단을 올라 가야 했다. 별것 아니라고 생각했는데 생각보다 힘들었다. 몇 군데 돌아다니지도 않았는데 온몸에 땀이 났고 계속 계 단을 오르니 숨도 차고 다리도 아팠다. 확실히 시급이 높 은 곳은 다 이유가 있었다.

어떤 곳은 전단지를 뿌리고 내려오자, 경비원이 소리를 질러대며 쫓아와 도망쳐야 했다.

정신없이 돌아다니다보니 어느새 아홉 시가 됐다. 나는 아까 내렸던 곳에 서 있었다. 금방 차가 왔다. 아저씨는 창 문을 내리고 타라고 했다.

역으로 돌아가면서 아저씨가 말했다.

"어떠냐? 할만 해?"

"네."

"안 힘들어? 여자가 하기 좀 힘들 텐데."

"괜찮아요."

"지금 하고 있는 애가 목요일까지 하기로 했으니까 금요일부터 시작해도 되지?"

"네."

나는 창밖으로 고개를 돌렸다. 이제 하늘은 완전히 깜깜해져 있었다.

역에서 내려 집으로 걸어가다가 근처에 있는 슈퍼에 들어가 캔맥주를 샀다. 아빠 심부름이라고 말하면 별 의심 없이 줬다.

나는 집으로 가지 않고 언덕으로 올라갔다. 언덕 위에 폐가가 하나 있었는데 가끔 거기서 맥주를 마셨다.

옥상에 있는 플라스틱 의자에 앉아 맥주 캔을 땄다. 맥주를 한 모금 마시고 어두워진 동네를 내려다봤다. 듬성듬성 가로등 불빛이 있긴 했지만 어디를 봐도 낡고 허름했다. 밝을 때 보나 어두울 때 보나 크게 차이가 없는 동네였다.

사온 맥주를 다 마시자, 살짝 취기가 올라오면서 피곤이 몰려왔다. 몽롱한 상태로 푸르스름한 달을 바라보는데 임채웅이 떠올랐다.

대체 왜 그렇게 살까. 지가 뭘 잘못했다고. 나한테 하는 것처럼 다른 사람들한테도 하든가. 화도 내고, 복수도 하고. 바보처럼 당하지만 말고.

다음 날, 잠에서 깨자마자 다리에 통증이 왔다. 어제 하도 계단을 오르내려서 그런지 근육이 뭉친 것 같았다.

학교에 갈 준비를 끝내고 밖으로 나왔다. 교실에 들어가 최대한 멀쩡하게 자리로 걸어가다가 임채웅과 마주쳤다. 그 애는 두고 보자는 얼굴로 나를 노려봤다. 나는 신경 쓰지 않고 자리에 앉았다.

삼교시가 끝나고 사교시가 됐다. 체육 시간이라 체육복으로 갈아입고 밖으로 나갔다. 운동장에서 줄을 맞추고 있자, 선생이 나왔다. 선생은 운동장을 한 바퀴 뛰게 했다. 반 애들의 속도에 맞춰 뛰는데 다리가 제대로 움직이지 않았다. 다리를 들려고 하면 누가 잡아당기는 것처럼 땅으로 떨어졌다. 나는 어정쩡하게 다리를 절며 간신히 한 바퀴를 뛰었다.

선생은 자유 시간을 줬다. 남자애들은 축구를 하러 갔고, 여자애들은 피구를 하러 갔다. 나는 혼자 스탠드에 남았다. 별 생각 없이 운동장을 보고 있는데 임채웅이 나를 한 번 보고는 곧바로 고개를 돌렸다.

사교시 체육 시간이 끝나고 교실로 돌아와 가방에 넣어둔 핸드폰을 꺼내려고 했다. 손을 넣어 뒤적이는데 핸드폰이 없었다. 나는 혹시나 하고 책상 서랍과 사물함을 살펴봤다. 거기에도 핸드폰은 없었다.

이번에도 임채웅일까. 그 애라면 내버려둬도 알아서 가져오겠지만 아니라면 문제였다. 나는 잠깐 임채웅 쪽으로 고개를 돌렸다. 얼굴에 긴장한 상태가 역력히 드러났다. 아직 확실한 건 아니었지만 어느 정도는 안심이 됐다.

학교 수업이 다 끝나고 핸드폰이 없는 상태로 집에 돌아가는데 뒤에서 임채웅의 목소리가 들렸다.

"야."

뒤돌아보니 그 애가 태연하게 내 핸드폰을 내밀면서 말했다.

"이거 네 거냐?"

나는 무덤덤하게 고개를 끄덕이고 핸드폰을 가져왔다.

"이제 그만해라."

나는 가려다가 말고 걸음을 멈췄다. 어차피 오늘은 아르바이트하러 가는 날이 아니니 제대로 한 방 먹여주고 싶었다.

나는 표정을 바꾸고 말했다.

"미안."

그 애는 뭘 잘못 들었나, 하는 얼굴로 다시 물었다.

"뭐?"

"미안하다고. 이제 그만하자. 돈도 갚을게."

"돈 있어?"

"역으로 가자. 역에 가면 돈 줄 수 있어."

"알았어, 가자."

나는 임채웅을 데리고 역으로 갔다.

9
임채웅

어떻게 김초희를 창의적으로 엿 먹일 수 있을까.

나는 심도 있게 고민하다가 체육 시간 전 쉬는 시간에 김초희의 소지품을 뒤져 핸드폰을 빼돌렸다. 전전긍긍하는 모습을 보고 싶었는데 그 애는 너무 태연했다.

학교 수업이 끝나고 이제 제발 그만하자는 생각으로 핸드폰을 돌려주자, 김초희가 내게 사과를 하며 빌린 돈까지 갚겠다고 했다. 역으로 가자고 했는데 그 근처에 있는 은행에 가는 줄 알고 별 의심 없이 따라갔다.

김초희는 지하철 역 안으로 들어갔다. 화장실로 가고 있었다.

"화장실 가게?"

그 애가 화장실 앞에서 걸음을 멈추고 말했다.

"너 내 번호 없지?"

"없어."

"번호 줄게. 핸드폰 줘봐."

갑자기 왜 번호를 준다는 건지 이해가 안 갔지만 주머니에서 핸드폰을 꺼내 그 애에게 줬다.

김초희는 번호를 찍지 않고 그대로 여자 화장실에 들어갔다.

뭐 하는 거지?

나는 멀뚱멀뚱 서서 그 애를 기다렸다.

금방 김초희가 밖으로 나왔다. 나는 손을 내밀었다.

"핸드폰 줘."

"화장실에 있어."

"뭐라고?"

"화장실에 두고 왔다고."

무슨 말을 하는지 머리가 제대로 받아들이지 못했다.

"왜 화장실에 핸드폰을 두고 와?"

"배고프다. 고기 사. 소고기로."

"뭔 소리 하는 거야?"

"사줄 거야, 안 사줄 거야? 딱 말해."

나는 아무 대답도 하지 못했다.

"그럼 간다."

김초희가 가버리려고 해서 나는 다급하게 그 애를 붙잡았다.

"핸드폰은 줘야지."

"알아서 잘 꺼내봐."

나는 정색을 했다.

"핸드폰 꺼내와."

그 애가 콧방귀를 뀌고 말했다.

"싫은데?"

이런 식으로는 절대 꺼내줄 것 같지가 않았다. 나는 바로 태세를 전환했다.

"일단 꺼내줘. 꺼내고 얘기하자."

"사줄 거야, 안 사줄 거야? 그것만 말해."

제대로 호구를 잡은 얼굴이었다. 나는 잠깐 여자 화장실 앞에서 고민했다. 역 화장실은 사람이 끊이지 않았고, 지금 이 순간에도 사람들은 쉴 새 없이 들락거리고 있었다. 재빠르게 들어갔다 나오고 싶어도 그럴 수가 없었다. 정말 완벽한 볼모였다.

나는 포기하고 말했다.

"내가 어떻게 하면 돼?"

"소고기 사주면 돼."

"그럼 일단 핸드폰은 꺼내오자. 누가 가져가면 어떡해."

"싫어."

"아니, 미친 거 아니야? 다른 건 모르겠는데 핸드폰이잖아. 중요한 연락 오면 어떡해."

"너한테 중요한 연락 올 게 뭐 있어."

"그래도 잃어버릴 수도 있잖아."

"싫음 마. 알아서 꺼내라. 간다."

나는 가려고 하는 그 애를 막막한 마음으로 쳐다보다가 붙잡았다.

"알았어, 알았어. 사줄게. 빨리 가자."

돈도 없었지만 일단은 볼모로 잡힌 핸드폰을 구출해야만 했다.

김초희가 원하는 대로 소고기집에 갔다. 자리에 앉자 직원이 왔다. 메뉴판을 보는데 가격 때문에 입이 다물어지지 않았다.

그 애는 아무 눈치도 보지 않고 주문을 했다.

"여기 꽃등심 이 인분 주세요."

"밥이랑 찌개는 따로 주문해야 되는데 주문하실 거예요?"

나는 더 이상은 안 되니 살려달라는 얼굴로 김초희를 쳐다봤다.

그 애는 쾌활하게 대답했다.

"네, 사이다도 한 병 주세요."

나는 기어들어가는 목소리로 말했다.

"너 그러다 벌 받아."

"괜찮아. 어차피 백 대 맞나, 천 대 맞나 똑같잖아. 그냥 천 대 맞지, 뭐."

불판이 깔리고 밑반찬과 소고기가 나왔다. 나는 손이 떨려 가만히 있었는데 김초희가 날 빤히 쳐다봤다.

"고기도 내가 구우라고?"

"안 구워도 돼. 핸드폰이 화장실에 더 오래 있으면 되지, 뭐."

나는 입 닫고 고기를 구웠다. 평소에는 먹어보지도 못했던 꽃등심이었다. 나는 붉은 핏기가 살아 있는 꽃등심을 불판 위에 올렸다.

"양파도."

나는 군말 없이 양파도 올렸다. 꽃등심이 구워지기 무섭게 그 애가 젓가락을 들이밀었다. 나는 거의 먹어보지도 못하고 이 인분이 사라져갔다. 그래도 일단은 빨리 먹기만 하면 핸드폰을 구출할 수 있다는 생각으로 버텼다.

불판 위에 있는 고기가 다 사라져갈 때쯤 김초희가 소리쳤다.

"여기 같은 걸로 일 인분 더 주세요!"

나는 눈을 크게 뜨고 그 애를 쳐다봤다. 눈으로 욕을 했지만 그 애는 내 눈 따위는 일절 신경 쓰지 않았다. 나는 추가된 고기까지 구워야 했다.

분명 꽃등심을 먹었지만 핸드폰 때문에 내가 먹은 게 소였는지, 돼지였는지도 구분되지 않았다. 밥을 다 먹고 계산서를 들고 카운터로 갔다. 아빠 카드를 써야만 했다.

비상용으로 아주 급할 때만 쓰라고 했는데. 문자가 가면 뭐라고 생각할까.

손이 덜덜 떨려왔다. 카드가 긁히고 영수증이 내 손에 왔다. 마음 아파하며 영수증을 보고 있는데 김초희가 시큰둥하게 말했다.

"야, 빨리 가자."

핸드폰을 구하러 가자는 말로 들려 나는 고개를 끄덕였다. 밖으로 나왔는데 김초희는 역으로 올라가지 않았다. 나는 머뭇대지 말고 빨리 핸드폰을 꺼내달라는 얼굴로 그 애를 처다봤다.

"밥 잘 먹었으니까 이제 간식 먹으러 가자."

"뭔 간식이야. 핸드폰 꺼내줘."

"밥 먹었으니까 달달한 거 먹으러 가자고."

호구는 쉽게 놓아줘서는 안 된다는 얼굴이었다.

"장난해?"

"장난 아닌데."

아마 내가 여기서 진지하게 화를 낸다 해도 꿈쩍도 하지 않을 애였다. 타협이라도 봐야만 했다.

"그럼 일단 내 핸드폰부터 꺼내줘."

"싫어."

"아니, 안 사준다는 게 아니라 핸드폰만 꺼내고 가자고."

"알아서 해라. 나 간다."

이마라도 한 대 쥐어박고 싶었지만 나는 그 애를 붙잡고 사정했다.

"알았어, 알았어. 그럼 멀쩡히 있는지만 확인해줘. 누가 가져갔을 수도 있잖아."

그 애는 잠깐 고민하다가 인심 쓴다는 얼굴로 고개를 끄덕였다.

김초희가 역에 있는 화장실에 들어갔다. 나는 불안한 마음으로 서성이며 기다렸다. 금방 그 애가 무덤덤하게 나왔다.

"멀쩡해. 가자."

"여기까지 왔는데 그냥 꺼내자. 갖다주면 하라는 대로 다 할게."

"싫어."

속 안에서 부글부글 끓어오르던 게 터졌다.

"내가 꺼내고 만다!"

"마음대로 해라."

나는 여자 화장실 앞으로 걸어가다가 포기하고 그 애에게 돌아갔다.

"미안, 카페 가면 꺼내줄 거지?"

"일단 카페 가자."

김초희는 근처에 있는 카페에 갔다. 커피와 조각 케이크를 주문했다. 오늘 쓴 돈만 해도 거의 이십만 원이었다.

나는 절망에 빠진 눈으로 소고기집에서 끊은 영수증을 다시 봤다.

그 애가 커피를 한 모금 마시고 말했다.

"그거 언제까지 보고 있게, 버려."

"진짜 계속 이럴 거야?"

"뭘?"

"내 핸드폰 언제 꺼내줄 거야?"

"일단 이거 먹고."

"이거 먹으면 꺼내준다는 거지?"

그 애는 내 말에 대답하지 않고 케이크를 먹었다.

"진짜 어이없어서 말도 안 나온다."

"네가 바보지. 그니까 왜 핸드폰을 그냥 줘?"

"그래, 내가 바보다."

케이크와 커피를 다 먹고 카페에서 나왔다. 김초희는 또 역으로 가지 않았다.

어디 마음대로 해보라는 생각으로 그 애를 따라갔다.

점점 역과 멀어지고 김초희의 집과 가까워졌다. 방금 전에 올라온 반항심은 온데간데없이 사라지고 걱정이 됐다.

"야, 어디 가는 거야?"

"집."

"뭐라고?"

"집 간다고."

"내 핸드폰은?"

김초희가 걸음을 멈추고 주머니에서 내 핸드폰을 아무렇지 않게 꺼냈다. 그 애는 선심 쓰듯 내 핸드폰을 내밀었다.

"가져가."

나는 그 애의 손바닥에 놓여 있는 핸드폰을 멍하니 봤다. 손이 부들부들 떨려왔다.

나는 영혼이라도 빠져나간 사람처럼 그 애를 쳐다봤다.

"안 가져가?"

일단 내 핸드폰을 가져왔다. 화를 내야 했지만 기가 막혀서 말이 나오지 않았다.

그래도 무슨 말이라도 해야 한다는 생각에 입을 열려는데 그 애가 말했다.

"간다."

김초희는 그렇게 가버렸다. 패배했다는 생각도, 당했다는 생각도 들지 않았다. 내 존재 자체가 패배자가 된 느낌이었다.

나는 가까스로 정신을 부여잡고 집으로 돌아갔다. 하지만 내 불행은 그게 끝이 아니었다. 집 문을 열고 안으로 들어가자, 누나가 눈에 쌍심지를 켜고 날 노려봤다.

"너 뭐 하는데 아빠 카드로 돈을 그렇게 써?"

나는 눈을 이리저리 움직이면서 변명거리를 생각하다가 포기했다.

"죄송합니다."

나는 더 혼이 나다가 방에 들어갔다. 침대에 누워 오늘 있었던 일을 생각했다. 화가 나야 정상인데 왜 그런지는 모르겠지만 자꾸 웃음이 났다.

다음 날, 교실에 들어가는데 밖으로 나오는 김초희와 마주쳤다. 어제 분명 그렇게 당했는데도 딱히 화가 나지 않았다. 그래도 그걸 티내고 싶지 않았다. 난 지금 초인적인 힘으로 분노를 참아내고 있으니 조심하라는 얼굴로 김초희를 쳐다봤다. 그 애는 신경도 쓰지 않았다.

나는 학교가 끝날 때까지 그 애를 어떻게 할까 고민하다가 깨달았다. 내가 무슨 짓을 하더라도 이길 수 없다는 걸. 그냥 패배를 인정하고 그만해달라고 애원하는 수밖에 없었다.

어제와 같은 일이 한 번 더 벌어진다면 복수고 나발이고 집에서 쫓겨날 수도 있었다. 항복하기로 했다. 그리고 이 전쟁을 어떻게 끝낼지 고민했다. 아예 반응하지 않았다면 거기서 끝이었겠지만 이미 나도 김초희의 심기를 몇 번 건드린 상태라 착하게 그만둘 것 같지가 않았다.

학교가 끝나고 김초희를 따라갔다. 그 애와 이제 골목길에서 대화를 하는 게 익숙해졌다.

"야! 미안해."

"뭐가?"

"수학 책 빼돌리고 핸드폰 숨겨놓고 거짓말한 거. 이제 안 그럴게."

처음으로 김초희가 웃었다.

웃기도 하는구나.

"밥이나 먹자."

"밥?"

"응, 밥 먹자고."

"갑자기 뭔 밥이야."

"알바 가면 또 똑같은 거 먹어야 돼서 지겨워. 먹고 가게. 같이 먹자."

이미 어제 밥도 먹고 카페까지 간 사이였다. 밥 한 끼를 먹고 그 전쟁을 끝낼 수 있다면 괜찮은 조건이었다.

"뭐 먹게?"

"중국집 가자."

나는 고개를 끄덕이고 그 애를 따라갔다.

근처에 있는 중국집에 들어갔다. 어차피 메뉴는 다 외우고 있으면서도 나는 괜히 메뉴판을 쓱 들여다보고 말했다.

"난 짬뽕."

그 애는 고개를 끄덕이고 주문을 했다.

"여기 짜장면 하나랑 짬뽕 하나랑 탕수육 소자요."

"야, 무슨 탕수육이야. 나 돈 없어. 난 안 먹어."

"나 이번에 알바비 받았어. 내가 낼게."

나는 그 말에 금방 순응하고 고개를 끄덕였다.

주문한 음식이 나왔다. 나는 짬뽕과 탕수육을 천천히 먹었다. 생각보다 맛있었다. 김초희는 배가 고팠는지 허겁지겁 먹었다.

"뭘 그렇게 빨리 먹어?"

"습관 들어서 그래."

"뭔 습관?"

"매일 일하는 도중에 밥 먹으니까 빨리 먹는 게 습관이 됐어."

나는 고개를 끄덕이고 다시 면발을 흡입했다. 맵고 뜨거워 빨리 먹을 수가 없었다. 그 애는 내가 반쯤 먹었을 때 짜장면 그릇을 비우고 탕수육을 몇 개 집어먹다가 자리에서 일어났다.

"나 화장실 좀. 급하게 먹어서 배 아프다."

나는 그럴 줄 알았다는 얼굴로 고개를 끄덕였다.

김초희가 화장실에 가고 나는 다시 음식을 먹었다. 내가 짬뽕 그릇을 다 비울 때까지 그 애는 돌아오지 않았다. 전화를 걸어봤지만 응답도 없었다. 나는 그때 깨달았다. 아직 전쟁이 끝나지 않았다는 것을. 지금 이건 김초희의 확인 사살이라는 것을.

일하면서 밥을 먹느라 빨리 먹는 게 습관이 됐다는 말은 다 개소리였던 것이다. 지금 내가 할 수 있는 거라곤 패배를 인정하고 계산을 하는 것뿐이었다. 나는 착잡한 상태로 그 애가 먹은 것까지 다 계산하고 밖으로 나왔다.

중국집 바로 옆에 있는 편의점 앞에서 김초희가 이온 음료를 마시고 있었다. 그 애는 나를 보고 웃음을 터뜨렸다. 승자의 여유이자 패자에게 보내는 비웃음이었다.

나는 순수하게 대단하다는 생각으로 박수를 쳤다.

"대단해."

"알아."

나도 모르게 웃음이 나왔다. 헛웃음인지 이 상황이 웃겨서인지 알 수 없었다.

"넌 어떻게 매일 당하냐."

"그러게, 근데 이상해."

"뭐가."

"싫지가 않아."

"뭐가 싫지가 않은데?"

"돈도 안 갚고, 우산도 가져가고 몇 번이나 골탕 먹여서 분명 화나고 어이없는데도, 네가 싫지가 않아."

"변태야?"

"널 보고 있으면 내가 잘못된 사람이 아닌 것만 같거든."

김초희가 나를 빤히 바라보다가 입을 열었다.

"너도 구제할 수 없을 정도로 이기적인 애라서 그래."

그 애가 덤덤하게 말했다.

"……난 언니가 싫었어. 언니가 다가오면 이상한 냄새
가 났거든. 아빠가 술만 먹고 들어오면 언니를 화장실에
가둬서 언니는 화장실에 들어가는 걸 무서워했어. 근데 난
그걸 다 알면서도 더럽다고 피했어. 언니는 비 오는 날 우
산이 없으면 박스라도 주워서 나만 씌워주고, 아빠가 날
한 대라도 때리려고 하면 칼을 들어서라도 막아줬어. 자기
가 맞을 때는 방어도 안 하고 온 몸에 상처가 나도 내버려
두면서, 나는 한 대도 못 때리게 했어. 그러다가 그 새끼를
만난 거야. 그 살인자 새끼."

나는 그 살인자가 누군지 알고 있었다.

"그때 언니가 나 도망치게 하려고 그 새끼랑 싸웠어. 언
니는 날 살리려다가 죽은 거야. 나 때문에 죽은 거지. 만약
에 날 버렸으면 살았을 거야. 근데 안 도망갔어. 평생 나만
생각하다가 죽어버렸어."

나는 아무 말도 하지 않고 그 애를 바라봤다.

"맞아, 난 나 이외에는 아무도 생각하지 않아. 이기적이고 구제불능이야."

"나도 다를 거 없어."

"그럼 너도 너만 생각하고 나도 나만 생각하는 사람들이니까 언제든 배신하고 거짓말하고 서로한테 떠넘기면서 지내자. 서로한테 무슨 짓을 당해도 실망하지 않는 거야. 이해하려고도 하지 말고, 배려도 하지 마. 그냥 필요할 때 서로 이용만 하는 거지. 구질구질하게 왜 배신했냐, 왜 그랬냐 따지지도 말고 상처 받지도 말고 그러려니 하는 거야. 우리는 원래 그런 인간들이니까."

지금까지 나는 어떻게든 나라는 사람을 숨겨보겠다고 발버둥쳐왔다. 나 같은 애는 아무에게도 받아들여질 수 없다고 생각했다. 나만큼 이기적이고 구제불능인 사람은 없을 테니까. 그런데 그런 나를 이 애는 온전히 받아들이고 있었다.

"대체 그런 관계는 무슨 관계야?"

"그냥 간단하게 생각해. 서로한테 무슨 짓을 당해도 상처받지 말고 옆에 있으면 되는 거야. 그게 룰이야."

나는 고개를 끄덕였다.

이상한 관계의 시작이었다. 서로에게 할 수 없는 건 배려, 용서, 이해, 양보 같은 것들이었고 서로에게 할 수 있는 건 배신, 거짓, 이용뿐이었다.

아무튼 나는 그렇게 김초희와 이상한 관계를 시작하게 됐다.

2부

좋은 사람

10

김초희

내가 일곱 살이 됐을 무렵, 아빠가 하고 있던 사업이 망했다. 우리 가족은 살고 있던 집에서 쫓겨나 지금 살고 있는 집으로 오게 됐다.

아빠와 엄마, 언니와 나. 네 식구가 살아가기엔 형편없을 정도로 작고 지저분한 집이었다. 그 때문이었을까. 엄마는 어느 날부터 집에 들어오지 않았다. 그때부터 아빠는 술을 마시기 시작했다.

아빠는 술에 취하면 엄마와 얼굴이 많이 닮은 언니를 지독하게 괴롭혔다. 분이 풀릴 때까지 때리다가 그것도 모자라 화장실에 가두고 못 나오게 했다.

난 그 모든 상황을 지켜보기만 했다. 간혹 아빠가 나를 때리려고도 했는데 그때마다 언니는 칼을 들고 막아섰다. 내가 동생이었기 때문일까.

난 그런 언니에게 원래 살던 집으로 돌아가자고 떼를 썼다. 원래 살던 집으로 돌아가기만 하면 모든 게 제자리로 돌아올 것만 같았다. 이 집으로 오게 되고 나서부터 모든 불행이 시작됐으니까.

언니는 그럴 때마다 조금만 참으라고, 금방 돌아갈 거라고 미소를 짓고 말했다.

어린 동생에게 해줄 수 있는 게 거짓말밖에 없던 언니는 어떤 기분이었을까.

엄마는 도망쳤고, 아빠는 술주정뱅이가 됐고, 언니는 죽었다. 두 번 다시는 누구의 옆에도 있지 않겠다고 다짐했다. 그런데 이상한 애가 나타났다. 내가 무슨 짓을 해도 내 옆에 있을 것만 같은 이상한 애.

아무 사이도 아니라면 도망을 치더라도, 변하더라도, 죽게 되더라도 괜찮지 않을까. 무엇보다 나 때문에 다치거나 죽을 일은 없지 않을까. 아무 사이도 아니니까.

전단지 아르바이트를 갔다. 차를 타고 다른 동네로 가는데 아저씨가 말했다.

"너 그날 열심히 뿌렸더라. 그 동네에서 두 건이나 됐어."

나는 아무 대답 없이 고개를 끄덕이기만 했다.

나는 또 처음 보는 동네에 내뱉어지듯 차에서 내렸다. 아파트와 빌라를 돌아다니면서 전단지를 붙이는데 방금 전에 아저씨가 한 말이 생각났다.

내가 돌린 전단지로 두 건이 됐다는 건, 대출을 쓴 사람이 두 명이 된다는 것이었다. 그 두 사람에게 가족이 있다면 두 가정이 됐다.

나는 전단지를 봤다. 보증 없이 돈을 빌려주겠다는 문구가 크게 적혀 있었다. 그 후의 어떤 일이 벌어질지는 아무것도 적혀 있지 않았다.

내가 당한 일들을 그 사람들도 겪게 될까?

나는 한참 동안 전단지를 보다가 다시 걸었다. 누가 누굴 걱정하는 건지 우스웠다.

내가 살아남는 게 우선이야.

아홉 시까지 전단지를 돌리고 아저씨 차에 탔다. 역으로 돌아가면서 아저씨는 이번에도 연락이 올 것 같냐며 물어 댔다. 나는 모르겠다고 대충 대답하고 창밖을 봤다. 내일 임채웅과 만나기로 했는데 머릿속이 복잡했다.

역에서 내려 집으로 걸어갔다. 창문을 타고 방으로 넘어가는데 방문이 열려 있었다. 장롱은 전사한 병사처럼 엎어져 있었고 문고리는 박살이 나 있었다.

아빠는 쓰레기통 같은 거실에서 술을 마시고 있었다. 내가 들어온 것에 관심이 없어 보였다. 나는 예기치 못한 상황 때문에 잠깐 멈춰 있다가 머릿속을 무언가 스치고 지나가 급하게 서랍장을 열었다. 모아뒀던 돈이 다 사라졌다.

나는 텅 빈 서랍을 보다가 거실로 나갔다. 아빠는 나를 쳐다보지도 않았다.

"내 돈 어디 있어?"

아빠는 커다란 컵에 든 술을 마시고 말했다.

"그게 왜 네 돈이냐? 내 돈이지. 내가 너한테 쓴 돈이 얼마인데."

"내 돈 어디 있냐고."

"시끄럽게 하지 말고 들어가서 잠이나 자."

"내 돈 내놓으라고!"

아빠가 자리에서 일어나 소리쳤다.

"돌았어? 어디서 큰 소리야?"

"돈 내놔!"

나는 아빠 바지 주머니에 손을 뻗었다. 아빠는 잠깐 몸을 뒤로 뺐다가 소리를 지르고 주먹을 날렸다.

"뭐 하는 짓이야, 이 새끼야!"

나는 얼굴을 맞고 쓰러졌다가 아빠 바지를 붙잡았다.

"돈 내놓으라고!"

아빠가 화가 난 얼굴로 나를 걷어찼다. 내가 바닥에 널브러지자 아빠는 기다렸다는 듯이 나를 밟아댔다.

"어디서 이 개 같은 년이 아빠한테 대들어!"

나는 눈을 감고 이 상황이 빨리 끝나길 기다렸다. 다리가 밟히고, 팔이 밟히고, 배가 밟혔다. 숨이 잘 쉬어지지 않았다.

정신을 잃을 것 같다는 생각이 들 때쯤, 아빠는 내 머리카락을 한 움큼 쥐더니 나를 끌고 화장실로 갔다. 저항 한 번 못 하고 나는 화장실에 처박혔다.

아빠가 문을 닫자, 빛이 사라지면서 사방이 깜깜해졌다. 일어날 힘도 없어 어두운 화장실에 가만히 쓰러져 있었다. 밖에서 아빠가 문에 테이프를 붙이고 있는 소리가 들려왔다. 언니한테 했던 짓이었다. 저러면 문이 열리지 않는다.

화장실 안은 불을 켜지 않아 아무것도 보이지 않았다. 눈을 뜨나 감으나 별반 차이가 없었다. 나는 힘겹게 몸을 가누고 벽에 등을 기대 쭈그려 앉았다. 샤워기에서 뚝뚝 물방울 떨어지는 소리가 들렸다.

아빠가 화장실에 가고 싶어질 때까지 기다려야 했다. 지금 상황으로 봐서는 곯아떨어졌다가 중간에 깰 것 같았다.

언니는 이 안에서 어땠을까. 무서웠을까, 아팠을까. 아니면 이 안에서도 나를 걱정했을까.

팔다리가 시리고 얼굴이 얼얼했다. 머리가 어지러워 무릎에 얼굴을 파묻고 눈을 감았다. 이상하게, 맞고 나면 온몸이 아픈데도 졸음이 쏟아졌다.

얼마나 시간이 지났는지 알 수 없었다. 졸고 있는데 밖에서 부스럭거리는 소리가 들려오더니 화장실 문이 열렸다. 아빠는 불을 켜지 않고 들어와 소변을 보고 나갔다. 내가 이 안에 있다는 것은 이미 잊어버린 듯했다.

나는 조용히 화장실에서 나와 방으로 들어갔다. 장롱을 똑바로 세워야 했지만 그럴 힘이 없었다. 나는 장롱 옆 조금 남아 있는 빈 공간에 웅크리고 누웠다.

이런 꼴로 내일 임채웅을 만날 수 있을까.

그 애가 했던 말이 머릿속에서 맴돌았다.

'돈도 안 갚고, 우산도 가져가고 몇 번이나 골탕 먹여서 분명 화나고 어이없는데도, 네가 싫지가 않아.'

나는 검은 천장을 바라보다가 눈을 감았다.

다음 날, 잠에서 깼다. 나는 잠시 누워 있다가 천천히 몸을 움직였다. 하루 사이에 몸이 폭삭 늙어버린 것처럼 팔 하나를 움직이는 것도 힘들었다. 간신히 일어나보니 장롱이 세워져 있었다. 술에서 깬 아빠가 세워놓은 듯했다.

거울을 보니 여기저기 상처가 부어올라 있었고, 한쪽 눈은 멍들어 있었다. 어느 각도로 봐도 얼굴이 흉해 보였다. 멍든 눈을 보고 있는데 임채웅과 만나기로 했던 약속이 떠올랐다.

나는 고민하다가 대충 준비를 하려고 거실로 나왔다. 화장실로 가는데 아빠의 배낭이 보이지 않았다.

또 어딘가로 떠나버린 걸까. 이번엔 얼마나 있다가 올까.

영영 오지 않길, 차라리 죽어버리길 바랐다.

나는 준비를 하고 모자를 푹 눌러쓴 뒤 약속 시간에 맞춰 밖으로 나갔다. 햄버거 가게 앞에서 만나기로 했는데 나는 안으로 들어가 밖이 보이는 자리에 앉았다.

창밖을 보고 있는데 한 시 오 분 전쯤 임채웅이 나타났다. 그 애는 핸드폰을 보다가 주변을 두리번거렸다. 나는 내가 보이지 않게 하고 계속 그 애를 지켜봤다. 십 분, 이십 분이 지나도 그 애는 가지 않았다.

한 삽십 분 기다리다 가겠지…….

어느새 한 시간이 지나갔다. 임채웅은 여전히 그 자리에 그대로 서 있었다.

나는 턱을 괴고 그 애를 바라봤다.

얼마나 기다리려는 걸까?

끊임없이 가게 문이 열렸다 닫히기를 반복했고, 수많은 사람들이 임채웅을 지나쳐갔지만 그 애는 그 사이에서 꿋꿋하게 날 기다렸다.

세 시간이 지나갔다. 무슨 생각으로 날 기다리는지 알 수 없었다.

대체 왜 안 갈까. 진짜 바보인가?

시간은 계속 흘러갔다. 네 시간이 지나고 다섯 시간이 지나서야 임채웅은 주위를 한 번 돌아보고 체념한 얼굴로 갔다. 이상한 애였다. 그렇게 당해놓고 날 다섯 시간이나 기다리고 있었다.

나는 텅 빈 창밖을 보다가 해가 저물 때쯤 밖으로 나왔다. 버스를 타고 몸에 힘이 없어 창문에 얼굴을 기댔다. 어두워진 밖을 내다보면서 하루 종일 날 기다리던 임채웅을 생각했다.

버스에서 내려 지친 상태로 걸었다. 골목만 통과하면 나올 집인데도 멀게만 느껴졌다. 숨을 쉬는 것도, 고개를 들고 있는 것도, 눈을 뜨고 있는 것도 힘들었다.

거의 기어서 창문을 넘었다. 서 있기만 해도 다리가 후들거려 쓰러지듯 바닥에 앉았다. 한숨 돌리고 고개를 들어 보니 벽에 등을 기대고 앉아 있는 언니가 보였다.

나는 흉터가 가득한 언니의 얼굴을 바라보다가 말했다.

"요즘 자주 오네."

언니는 고개를 끄덕였다.

"어제 나도 화장실에 갇혀봤어. 깜깜하더라. 언니는 어땠어?"

언니는 아무 대답도 하지 않았다. 나는 숨을 길게 내쉬고 말했다.

"근데 언니 있잖아. 그때 말했던 호구 있지? 임채웅. 내가 걔한테 별 짓 다 했거든. 돈도 뺏고 골탕도 먹이고. 근데 걔가 내가 싫지가 않대. 오늘도 걔 만나기로 했는데 안 나가고 보고만 있었어. 근데 다섯 시간이나 나 기다리고 있더라. 왜 그럴까. 이상한 애야. 바보 같아. 자꾸 바보 같은 짓을 해서 사람을 기대하게 해."

11
임채웅

김초희를 처음 만난 곳은 장례식장이었다. 내가 열 살이
됐을 때 여동생을 잃었다.

김초희의 집은 장례식장을 열 수 없을 정도로 가난해서
우리 아빠가 도와줬다. 하지만 그 장례식장에는 아무도 찾
아오지 않았다. 내 여동생인 채희의 장례식장에만 사람들
이 가득했다.

새벽이 되고 오는 사람이 끊겼다. 나는 화장실에 갔다가
장례식장 입구 앞에서 김초희와 마주쳤다. 그 애는 화가
난 얼굴로 나를 노려봤다. 나는 아무런 힘없이 그 애를 바
라보기만 했다.

그 사건 이후로 난 사람을 무서워하게 됐다. 가족도 마찬가지였다. 아빠와 누나는 내가 힘들어할까봐 단 한 번도 내 앞에서 힘든 내색을 보이지 않았지만 속으로는 날 원망하고 있을지도 모른다고 생각했다. 나 때문에 동생이 죽게 된 거라고, 내가 죽었어야만 했다고.

오늘 나는 김초희와 만나기로 했다. 옷 매무새를 다듬으며 거울을 보는데 이게 잘하는 짓인지 의문이 들었다. 며칠 전까지만 해도 엮이고 싶지 않아 피해 다녔는데 지금은 단 둘이 만나려 하고 있었다.

번화가에 있는 프렌차이즈 햄버거 가게 앞에서 김초희를 기다렸다. 약속 시간이 됐지만 그 애는 보이지 않았다. 나는 십 분 안에는 오겠지, 라는 생각으로 주변을 두리번거리며 기다렸고, 십 분이 지나면 이십 분 안에는 오겠지, 하며 버텼다.

많은 사람들이 나를 지나쳐 갔지만 나는 그 자리에 그대로 있었다. 약속 시간과 약속 장소를 잘못 들었나 싶어 다시 한 번 생각해봤지만 여기가 확실했다.

한 시간이 지나도 김초희는 나타나지 않았다. 이번에도 당한 걸까. 나는 불안한 상태로 주변을 서성였다. 아무리 기다려도 김초희가 올 것 같지 않았다.

세 시간을 기다리고 나서야, 나는 그 애가 절대로 오지 않을 걸 깨달았다. 이번에도 졌고, 아직도 전쟁은 끝나지 않은 듯했다.

언제쯤 이 전쟁은 끝날까. 분명 난 기권을 했고 확인사살까지 당했는데 지금 이건 뭘까, 탄압인가?

지금 집으로 돌아가면 패배자가 된 느낌에서 벗어날 수 없을 것 같았다. 날씨도 좋았고 사람도 많았다. 하지만 딱히 혼자서 할 수 있는 게 없었다. 나는 푸른 하늘을 올려다보다가 한숨을 내뱉었다.

결국 나는 다섯 시간을 기다리다가 집으로 돌아갔다. 현관에서 신발을 벗는데 패배감이 짙게 나를 감쌌다. 나는 참담한 기분으로 잠시 그곳에 서 있었다. 완전히 멍청이가 된 기분이었다.

김초희에게 화를 내서도, 서운함을 느껴서도, 실망을 해서도 안 됐다. 우린 그런 관계였다. 약속을 하고 나오지 않아도 상관없는 것이다.

학교에서 김초희를 만나면 뭐라고 해야 할까. 별 쓸모없는 생각이었지만 나는 집요하게 무슨 말을 할지 생각했다. 솔직하게 말하면 비웃음을 당하게 될 것만 같았다.

주말이 지나고 학교에 나갔다. 아직도 나는 김초희에게

뭐라고 말할지 정하지 않았다. 솔직하게 말해도 바보 같았고 거짓말을 해도 마찬가지였다.

교실에 김초희가 들어왔다. 나는 살짝 고개를 돌려 그 애를 봤다. 나에게 일절 눈길도 주지 않고 자기 자리로 가서 엎드렸다. 나는 엎드린 그 애를 바라보다가 고개를 돌렸다.

학교가 끝나고 나는 김초희를 따라갔다. 그러다 골목길에서 그 애를 불렀다.

"야."

그 애가 뒤돌아봤다. 아까는 제대로 못 봐서 몰랐는데 눈 쪽에 시퍼런 멍이 들어 있었고, 전체적으로 얼굴이 많이 부은 상태였다.

이번에도 아빠라는 사람이 그랬을까.

나는 그 상처를 못 본 척하고 말했다.

"그날 많이 기다렸어?"

"뭐가."

아예 약속이 있었다는 것도 잊어버린 듯한 얼굴이었다. 더 말해봤자 바보만 될 것 같았다.

"아니다."

집에 가려고 몸을 돌리는데 김초희가 불렀다.

"야."

"왜."

"알바 같이 할래?"

"알바?"

"전단지 알바인데 그냥 아파트랑 빌라랑 차에다가 전단지 붙이기만 하면 돼. 혼자하면 심심하거든."

"갑자기 뭔 알바야. 그리고 내가 그냥 가면 뭐 시켜줘?"

"여기도 사람 구하고 있어. 원래 두 명씩 움직이는데 난 혼자하고 있거든. 어차피 사람 한 명 금방 들어올 텐데 모르는 사람보단 아는 사람이 낫잖아."

아직 결정을 내리지 않았는데 김초희가 내 팔을 붙들고 끌었다. 나는 그 애에게 끌려갔다.

역 앞에서 김초희가 걸음을 멈췄다.

"여기서 기다리면 돼."

"누굴?"

"일 시키는 아저씨 올 거야."

"근데 이거 너무 갑자기 아니야?"

"괜찮아."

도로에 흰색 봉고가 멈췄다. 김초희가 그 차를 보고 걸어갔다.

"가자."

나는 영문도 모른 채 그 애를 따라갔다. 일 시키는 사람이라고 해서 제법 괜찮은 차를 끌고 올 줄 알았는데 차는 거의 폐차 직전의 수준이었다. 이런 게 굴러가긴 할까.

차에서 덩치 큰 아저씨가 내렸다. 아저씨는 김초희에게 인사를 했다. 나는 쭈뼛대며 옆에 서 있었다.

아저씨가 뒷문을 열면서 말했다.

"누구냐?"

"친구인데 저 오늘 도와주려고 왔어요."

"그냥 도와주러 왔다고?"

"예, 신경 쓰지 마세요."

"뭐야, 남자친구야?"

"아니에요. 그냥 친구예요."

나는 의아하게 두 사람의 대화를 듣다가 깨달았다. 또 당한 것이다.

아저씨가 뒷자리를 정리하고 말했다.

"일단 타."

나는 한 대 맞아 붕 뜬 듯한 상태로 서 있었는데 김초희가 나를 차에 밀어 넣었다. 거의 납치당하듯 나는 차에 태워졌다. 차 안에는 전단지 묶음이 가득했다.

나는 아저씨에게 내 목소리가 들리지 않게 최대한 조용히 말했다.

"장난해?"

그 애가 웃어댔다.

"오늘 잘 부탁해."

나는 축 늘어져 창밖만 봤다. 탄압 다음은 강제 노동이었다.

그 다음은 뭘까?

나는 해방을 꿈꾸며 푸른 하늘을 올려다봤다.

이십 분 정도 움직이다가 차가 멈췄다. 아저씨는 처음 본 동네에 우리를 내려주고 전단지를 줬다.

"알아서 잘하겠지만 구석구석 잘 돌려라."

"네."

"오늘은 도와주는 친구 있으니까 좀 더 줄게."

전단지를 받았다. 오늘 안에 다 돌릴 수 있을지 의문이었다. 아저씨는 금방 차를 타고 가버렸다.

"나 안 해."

"그럼 그냥 가게?"

"가야지, 내가 왜 해?"

"그냥 온 김에 해. 지금 가면 너 버스비만 날리는 거잖아."

"너랑 같이 하면 시간이랑 힘까지 같이 날리는 거지."

"그래도 같이 있잖아."

난 그 말에 아무 반박도 할 수 없었다.

김초희는 전단지 한 묶음을 내게 주면서 말했다.

"저 아저씨 가끔 확인하러 돌아다닐 때도 있으니까 제대로 해."

그 애가 말할 때마다 멍든 얼굴이 신경 쓰였다. 저 지경이 되고도 일을 한다는 게 마음에 걸렸다.

우리는 아파트와 빌라를 찾아다니면서 주차된 차가 보이면 앞 유리에 전단지를 하나씩 끼워 넣었다. 그리고 아파트에 들어가면 한 동씩 나눠서 전단지를 뿌렸다.

두 시간 정도 말없이 전단지를 뿌리다가 김초희가 입을 열었다.

"배고프다. 밥 먹고 빨리 다시 하자."

그 애는 근처에 있는 편의점에 들어가 재빠르게 컵라면과 삼각 김밥을 집었다.

"빨리 골라."

옆에서 재촉하는 바람에 나도 김초희와 같은 걸 집었다. 여기에 나를 속여 데려왔으니 당연한 일인데도 나는 그 애가 사준 삼각김밥과 라면에 감동했다.

김초희는 급하게 음식을 먹었다. 그 모습을 보니 중국집에서 했던 말이 떠올랐다. 일 때문에 밥을 급하게 먹는다던 말이 거짓은 아니었다.

편의점에서 나와 도로를 걷다가 김초희가 말했다.

"이거 전단지 봤어?"

"아니."

나는 내가 뿌리는 전단지가 뭔지 관심도 없어 아예 보질 않았다.

"대출해줄 테니까 전화하라는 전단지야."

나는 그제야 전단지를 봤다. 김초희의 말처럼 보증이 없고 돈이 없는 사람들에게 무료 상담을 해주고 대출을 해주겠다는 문구가 적혀 있었다.

"가난한 동네에다만 뿌려. 내가 살고 있는 동네 같은 곳. 그런 곳에 뿌리면 연락 오는 사람이 있나봐. 그러면 아까 그 아저씨가 나한테 일일이 말해. 어제 몇 건 했다, 이런 식으로. 그럴 때마다 생각하는 거지. 또 나로 인해 몇 사람의 인생이 더 시궁창으로 들어갔구나."

"그게 뭔 소리야?"

"생각해봐. 보증도 없고 돈도 없는 사람들한테 돈을 빌려주겠다는 말 자체가 이상하지 않아? 너희가 돈을 빌리

기만 하면 무슨 짓을 해서라도 돈을 받아내겠다는 자신감
이 있는 거지. 그런 짓에 너도 가담한 거야."

나는 아무 말도 하지 않고 그 애를 쳐다봤다.

"우린 이기적이니까 이 전단지에 최적화된 사람들이지."

혼자 그 짐을 짊어지기가 무서웠던 걸까. 그래서 날 데
려왔을까.

아홉 시가 됐을 무렵 일이 끝났다. 여기에 우리를 데려
다 놓았던 그 아저씨가 다시 왔다.

"많이 뿌렸냐?"

"네."

그 애와 나는 역에서 내렸다. 이제 완전히 밤이 돼 하늘
이 깜깜했다.

김초희는 차가 지나다니는 도로를 보고 말했다.

"갈게."

나는 고개를 끄덕이다가 그 애를 불렀다.

"야."

"왜."

"너 얼굴 왜 다쳤어?"

"알아서 뭐하게."

"그냥."

"집에나 가."

나는 고개를 끄덕였다.

김초희는 가버렸다. 나는 멀어져가는 그 애를 끝까지 바라봤다.

12

김초희

비가 내려 아르바이트를 쉬게 됐다. 일하는 곳에서 오늘 같은 날 전단지를 돌려봤자, 물기 때문에 눅눅해져 다 찢어지고 망가져 제대로 볼 수가 없다고 했다.

학교 수업이 끝나고 나는 곧바로 임채웅의 우산을 들고 밖으로 나왔다.

또 씩씩대면서 쫓아올까?

정문을 나와 집으로 걸어가는데 임채웅이 우산을 들고 따라왔다. 걸음을 멈추고 의아한 얼굴로 쳐다봤다.

"네가 그럴 줄 알고 우산 하나 더 챙겨왔다. 그거 가져."

나는 아무 말도 하지 않았다.

임채웅이 인사를 하고 가려고 해서 내가 불렀다.

"야."

"왜."

"밥 먹자."

그 애는 얼떨떨하게 날 보다가 고개를 끄덕였다.

우리는 저번에 갔던 중국집으로 갔다. 음식을 주문하고 기다리는데 손님이 없어서 빗소리 말고는 아무 소리도 들리지 않았다.

음식을 먹다가 내가 말했다.

"이거 다 먹고 우리 집 가자. 아무도 없어.

"너 아르바이트는?"

"비 와서 오늘 못 해. 우리 집 가자."

임채웅은 당황했다가 아무렇지 않은 척하면서 말했다.

"그러든가."

식당을 나와 집으로 갔다. 낡은 문을 열고 안으로 들어가자 집에서 담배 찌든 내와 술 냄새가 진동을 했다. 비가 내려서 그런지 오늘따라 더 심했다. 임채웅은 얼굴을 찡그리더니 고개를 돌렸다.

혼자 집에 있을 때는 몰랐는데 다른 사람과 같이 와보니, 우리 집의 심각성이 더 선명히 보였다. 작은 집인데도 불구하고 확실히 엉망진창이었다.

나는 방으로 들어가 가방을 내려놓고 말했다.

"청소 좀 하자."

"나 청소시키려고 데려온 거야?"

"응."

임채웅이 네가 그렇지, 라는 얼굴로 나를 쳐다보다가 체념했는지 한숨을 쉬고 말았다.

나는 신경 쓰지 않고 낡은 빗자루와 쓰레받기를 임채웅에게 내밀었다.

"받아."

"뭐야, 청소기 없어?"

"없어."

임채웅은 이런 걸로 청소가 되겠느냐는 눈으로 빗자루를 보다가 바닥을 쓸기 시작했다. 나는 술병과 재떨이로 쓴 페트병을 밖에다가 버리고 화장실로 들어가 걸레를 빨았다. 그리고 먼지 쌓인 가구들과 바닥을 닦아냈다.

얼마 만에 집을 청소하는 건지 이런 곳에 살면서 병에 걸리지 않은 것도 신기한 일이었다.

청소가 끝나고 그나마 깨끗해진 집을 둘러보다가 방으로 들어가 벽에 등을 기대고 앉았다.

"너도 여기 옆에 앉아."

임채웅은 어색하게 서 있다가 내 옆에 앉았다. 나는 불편하게 앉아 있는 그 애에게 말했다.

"좀 편하게 앉아라. 왜 그렇게 불편하게 있어?"

임채웅은 쭈뼛대다가 다리를 쭉 펴고 말했다.

"근데 아버지는 언제 오셔?"

"몰라. 아마 당분간은 안 올 거야."

"어디 가셨어?"

"몰라."

"어머니는?"

"아빠 사업 망하고 도망갔어."

그 애가 고개를 끄덕였다.

"너는? 그때 보니까 너도 없던데."

"돌아가셨어. 암 때문이라는데 내가 너무 어렸을 때여서 기억이 잘 안 나."

임채웅은 고개를 이리저리 움직이며 방 안을 둘러봤다. 청소를 해도 이 집에 배어 있는 가난은 지워지지 않았다. 천장엔 곰팡이가 피어 있었고 장롱과 서랍장 같은 가구들은 낡거나 부서져 있었다. 내가 봐도 뭐 하나 제대로 된 게 없었다.

"여기가 네 방이야?"

"응, 왜?"

"그냥 궁금해서. 집에 있을 땐 뭐해?"

"자."

"잠만 자?"

"응. 잠만 자."

"왜?"

"그게 시간이 제일 빨리 가니까."

임채웅은 말없이 고개를 끄덕였다.

나는 눈을 감고 빗소리를 들었다. 가만히 빗소리를 듣고 있으니 비에 쫄딱 젖은 채 박스를 들고 있던 언니가 떠올랐다.

"가족 사진이 하나도 없네."

임채웅의 목소리가 들렸다. 나는 눈을 감은 채 대답했다.

"내가 다 없앴어."

"왜?"

"보고 싶지 않아서. 거기선 다 웃고 있더라고. 아빠도, 엄마도, 언니도."

"넌?"

"몰라. 웃고 있었겠지."

"그럼 우리도 웃자."

"뭐 하고 웃어?"

"몰라. 뭐 할 때 웃는데?"

"너 골탕 먹일 때."

"참나, 그럼 요즘 많이 웃었겠네."

나는 감고 있던 눈을 뜨고 허공을 보다가 말했다.

"응, 많이 웃었어."

"다행이네."

"뭐가."

"그냥, 웃었다니까."

"야."

"왜."

"일요일 날 보자."

"그러든가."

"같은 시간에 같은 장소에서 봐."

임채웅이 고개를 끄덕였다.

일요일이었다. 가만히 천장을 보다가 임채웅과의 약속을 떠올렸다.

저번에 그렇게 기다리게 했는데 오늘 임채웅은 올까.

이불을 치우고 일어나 시계를 봤다. 아홉 시가 좀 넘어 있었다. 나는 대충 준비를 하고 시간에 맞춰 밖으로 나왔다. 날씨는 좀 덥긴 했지만 나쁘지는 않았다. 버스를 타고 가면서 창밖을 봤다. 이제 여름이 왔는지 가로수의 초록색 잎들은 무성했고 사람들은 얇고 짧은 옷을 입고 있었다.

버스에서 내려 햄버거 가게 앞으로 갔다. 아직 임채웅은 없었다. 시계를 봤는데 약속 시간이 되기 이 분 전이었다. 올 것 같지가 않았지만 기다려보고 싶었다. 그 애가 날 다섯 시간이나 기다렸으니 나도 그만큼 기다려보고 싶었다. 그러면 날 왜 그렇게까지 기다렸는지 알 수 있을 것 같았다.

한 시간이 지나자 이마에 땀이 맺히기 시작했다. 나는 손으로 부채질을 하면서 주변을 두리번거렸다. 나처럼 누군가를 기다리는 사람들이 꽤 있었다. 하지만 그런 사람들도 금방 기다리는 사람이 나타나 자리를 떴다.

두 시간이 지났다. 수많은 사람들이 내 주변을 돌아다니면서 웃고 있었다. 나만 빼고 세상이 움직이는 것만 같았다. 가만히 서 있기만 하니 일을 할 때보다 시간이 더 안 갔다.

네 시간이 지났을 때는 시간이 꼭 느려진 것 같았다. 나는 깨끗한 하늘을 올려다보다가 날 기다리던 임채웅의 모습을 떠올렸다. 기다려보면 그 애가 날 왜 기다렸는지 알 수 있을 것만 같았는데 더 이해가 되지 않았다.

대체 왜 기다렸던 거야?

해가 저물어갔다. 멍하니 내 그림자를 보고 있는데 그 옆으로 다른 그림자가 다가왔다. 나는 천천히 고개를 들었다. 임채웅이 놀란 얼굴로 앞에 서 있었다.

지금까지 아무리 생각해봐도 날 왜 기다렸는지 알 수 없었는데 그 애의 얼굴을 보자, 이유를 알 것만 같았다.

특별한 이유 같은 건 없었다. 그냥, 기다리고 싶었던 것이다.

13

임채웅

강민혁이 하도 자기 집에서 자자고 조르는 바람에 나는 아빠랑 누나한테 허락을 구했다.

해가 저물어갈 때쯤 강민혁네 집으로 갔다. 이미 김선우는 와 있었다. 강민혁은 편한 옷을 우리에게 던져주고 말했다.

"오늘 술 마실래?"

"술?"

"응, 어차피 엄마 아빠 내일 늦게 와서 상관없어."

나는 고개를 저었다.

"선우, 너도 안 마셔?"

"조금만 마실게."

"그럼 조금만 사자. 채웅아, 나 돈 좀 줘. 술이랑 과자 좀 사게."

"어?"

"술 좀 사게 돈 좀 줘."

평소처럼 선뜻 알겠다는 대답이 나오지 않았다. 만약 싫다고 말하면 강민혁과 김선우는 날 어떻게 생각할까.

"채웅아?"

대답을 해야 했지만 온갖 생각이 뒤죽박죽으로 꼬여갔다. 어떻게든 정리를 해보려는데 김초희가 떠올랐다.

나는 고개를 숙이고 한참 망설이다가 기어들어가는 목소리로 말했다.

"……왜 나만 내?"

"너 용돈 많이 받으니까 여기선 네 돈으로 사고 배달 음식은 같이 내자."

"나 안 마실 거라니까."

눈치가 보였다. 눈을 마주치기가 힘들어 고개를 숙였는데 강민혁이 당황한 목소리로 말했다.

"그래, 그럼. 다 같이 내자."

결국 다 같이 돈을 내고 강민혁을 따라 밖으로 나왔다.

거절을 했지만 기분이 좋지만은 않았다. 날 어떻게 생각할지 계속 눈치가 보였다. 따라가는 내내 나는 땅바닥을 보거나 옆을 보면서 일부러 애들을 쳐다보지 않았다.

차라리 이럴 거면 그냥 낸다고 할 걸 그랬나.

복잡한 감정으로 걷다가 고개를 저었다.

언제까지 이렇게 살 수만은 없어.

허름한 슈퍼에서 술을 사고 집으로 돌아갔다. 강민혁은 방바닥에 깔려 있는 이불을 구석으로 밀어버리고 치킨이랑 피자를 시켰다.

김선우는 사온 것들을 상 위에 올려두다가 말했다.

"근데 오늘 진짜 고백할 거야?"

"해야지."

"분위기 어떤데?"

"좋아. 거의 사귀는 수준이야. 아, 근데 막상 하려니까 쫄리네. 차이면 어떡하냐?"

"분위기 좋다며."

강민혁은 기다렸다는 듯이 며칠 동안 있었던 일을 줄줄 말했다. 저번에 말했던 것과 거의 다를 바 없이 너무 사소한 일이라 어떻게 반응해야 할지 갈피가 잡히지 않았다.

"어떨 것 같아? 고백하면 받아줄 것 같지?"

여기서 말을 잘못했다간 큰 봉변을 당할 수도 있었다. 네 말을 들어서 망했네, 괜히 고백했네, 어떡할 거냐는 등 별의별 소리를 하루 종일 듣게 될지도 몰랐다.

나는 조심스럽게 말했다.

"좀 더 생각해보는 게 낫지 않아?"

"뭘 좀 더 생각해. 이 주나 기다렸는데. 야, 밖에 나갔다 오자."

"갑자기?"

"담배 한 대 피우고 고백하게."

밖으로 나와 강민혁은 줄담배를 피웠다. 어지간히 떨리는 모양이었다. 바닥에는 담배꽁초와 침이 늘어났다.

김선우가 빨리하라고 재촉하자 강민혁은 피우던 담배를 던지고 주차장 구석으로 들어갔다.

통화는 꽤 길어졌다. 우리는 강민혁을 기다렸다. 그 사이 배달 오토바이가 도착했다.

강민혁은 한참 후에 굳은 얼굴로 주차장에서 나왔다. 김선우가 치킨과 콜라를 들어 보였다.

"치킨 왔다."

그게 오든지 말든지 관심이 없어 보였다. 강민혁은 말없이 담배를 피웠다. 아무 말도 하지 않았지만 어떻게 됐는지 알 수 있었다.

"좆같네. 솔직히 얘가 나한테 한 행동 끼부린 거 맞잖아?"

방금까지 호감이라고 표현하던 그 행동들이 끼부림으로 바뀌었다.

강민혁은 무너진 자존심을 어떻게든 회복하고 싶은지 다른 이유를 찾기 시작했다.

"걔 때문인가, 김초희?"

김선우가 황당하다는 얼굴로 강민혁을 보며 물었다.

"걔가 왜?"

"걔 때문에 여자애들이 나 여자 때리는 쓰레기로 보잖아. 맞네……. 아, 개 같은 년! 끝까지 사람 좆같게 하네."

강민혁이 화가 나는 바람에 우리는 어색하게 집으로 들어갔다. 다들 입을 열지 않아 방은 거의 초상집 분위기였다. 그 타이밍에 피자가 왔다.

나는 피자를 내려놓고 눈치를 보다가 말했다.

"괜찮아?"

"됐어. 뭐, 별로 좋아하지도 않았는데. 지금 빡치는 건 김초희 개 때문이야."

"설마, 그거 때문에 그러겠어."

"야, 네가 짝이니까 한 번 물어봐줘. 왜 찼냐고."

"내가?"

"그냥 나한테 들었는데 궁금해서 물어보는 거라고 하면서 물어봐."

"알았어."

김선우가 피자와 치킨 박스를 열면서 말했다.

"일단 배고프니까 좀 먹자."

"잠깐만."

강민혁은 소주를 세 잔 따르더니 김선우와 내게 한 잔씩 줬다.

"나 안 먹는다니까."

"한 잔만 마셔. 셋이서 술 마시는 거 처음인데 한 잔은 괜찮잖아."

나는 난감하게 종이컵을 보다가 고개를 끄덕였다.

강민혁은 애써 괜찮은 척하며 종이컵을 들었다. 우리는 건배를 하고 컵에 있는 술을 마셨다.

나는 소주를 입에 넣자마자 뱉고 싶었지만 꾸역꾸역 삼켰다.

두 사람은 계속 술을 마셨고, 나는 콜라만 마셨는데 처음에 먹은 술 때문인지 몸에 열이 오르는 게 느껴졌다. 김선우가 내 얼굴을 보다가 말했다.

"채웅아. 너 얼굴 빨갛다."

나는 거울을 봤다. 뺨 주변이 붉어져 있었다.

"한 잔 마셨는데도 빨개지네. 넌 술 마시면 안 되겠다."

강민혁은 연거푸 술을 마셔대다가 구석에 처박아둔 이불 속으로 들어가 혼자 뻗어버렸다. 김선우도 얼굴이 좀 빨개졌지만 정신은 있는지 먹은 것들을 정리했다. 먹다 만 소주를 싱크대에 버리고 쓰레기를 분리수거했다.

청소가 끝나고 나는 김선우와 벽에 등을 기대고 바닥에 앉았다. 강민혁의 코 고는 소리가 크게 들려왔다.

몽롱한 기분으로 멍하니 허공을 보고 있는데 김초희가 했던 말이 떠올랐다.

'누가 뭐 달라고 하면 고분고분 다 내주고, 누가 뭐 해달라고 하면 군말 없이 다 해주고. 늘 호구처럼 다 해줘서 나도 한 번 그래본 거야. 얼마나 호구인지 보려고.'

나는 한숨을 내뱉고 말했다.

"야, 선우야."

"왜."

"어떤 애가 나한테 엄청 이상한 짓을 해. 근데 그게 싫지가 않아. 이해가 돼."

"좋아하는 거야?"

"모르겠어. 그냥 그 애를 보고 있으면 마음이 편해. 내가 하고 싶은 대로 다 해도 날 이해해줄 것만 같아."

"그래서 넌 어떤데."

"아파."

"왜."

"그냥, 걔가 날 이해하는 게⋯⋯."

나는 자리에서 일어나 창문으로 갔다. 하늘엔 밝은 달이 떠 있었다.

강민혁이 홍다은에게 차이고, 술을 마시고, 남의 집에서 잠을 자는 상황이었다. 여러 가지 드문 일이 벌어졌지만 아무 관심도 가지 않았다. 상처투성이였던 김초희의 얼굴만 계속 떠올랐다.

강민혁의 집에서 눈을 떴다. 눈을 뜨자마자 김초희와의 약속이 떠올랐다. 약속 시간은 한 시였지만 이미 열두 시가 넘어 있었다. 어차피 가지 않을 거라 상관은 없었다. 나오지 않을 게 분명했다.

강민혁은 어제 먹다 남은 치킨과 피자를 전자레인지에 넣고 데우며 말했다.

"근데 나 학교 어떻게 가냐?"

"이런 일 한두 번도 아니고 그냥 얼굴에 철판 깔아."

"하……. 홍다은이 반 애들한테 다 말했을까?"

"당연한 거 아니냐? 너랑 전화 끊자마자 친구들한테 전화 다 돌렸겠지."

강민혁은 치킨을 먹으면서 한탄을 했다. 나는 계속 시계만 봤다. 거의 한 시였다.

두 시쯤 애들과 피씨방에 도착했다. 게임을 하는 내내 핸드폰으로 시간을 확인했다.

나는 최면에 걸린 사람처럼 계속 시간을 확인하다가 다섯 시가 넘었을 때 컴퓨터를 꺼버렸다.

강민혁이 내 모니터를 보고 말했다.

"뭐야, 너 왜 껐어?"

"나 먼저 가볼게."

"왜, 어디 가?"

"집에 급한 일 생겨서. 가볼게."

"아, 그럼 채웅아."

"왜?"

"나 해장 좀 하게 라면 하나만 사줘라. 속 쓰려."

나는 멈칫했다. 어제도 싫다고 했는데 오늘도 그러기가 쉽지 않았다. 고민이 됐다.

사주고 빨리 갈까? 하지만 여기서 멈춰버리면 어제 한

거절이 무의미해진다.

나는 숨을 한 번 삼키고 말했다.

"너 돈 있잖아."

"야, 친구 안 불쌍하냐? 내일 학교 갈 생각만 하면 끔찍한데. 홍다은 얼굴을 어떻게 보냐. 그러니까 라면 하나만 사줘."

"나 돈 별로 없어. 네가 사먹어."

강민혁이 실망했다는 얼굴로 나를 쳐다봤다. 나는 눈치를 보다가 시간이 없어 대충 인사를 하고 피씨방을 튀어나왔다.

버스를 탈까 하다가 택시를 타고 번화가로 갔다. 창밖을 보는데 지금 뭐 하는 짓인가 싶었다. 분명 아예 오지 않았을 확률이 컸고, 왔다 하더라도 시간이 이렇게 지났으니 기다릴 이유도 없었다. 내가 거기에 갈 이유는 하나도 없었지만 가보고 싶었다. 없더라도 한 번은 가봐야 마음이 편할 것 같았다.

역에서 내려 햄버거 가게로 걸어갔다. 멀리서 익숙한 형체가 우두커니 서 있는 게 보였다.

설마, 김초희일까?

가까이 가보니 김초희가 맞았다. 나는 시계를 확인했다.

거의 다섯 시간이 지나 있었다. 그 애는 고개를 숙인 채 바닥만 보고 있었다.

"너 뭐 해?"

김초희는 그제야 고개를 들어 나를 봤다.

"너 기다렸어."

"다섯 시간이나?"

그 애가 아무렇지 않게 고개를 끄덕였다.

"왜?"

"그냥, 궁금해서."

"뭐가?"

"네가 여기서 날 왜 다섯 시간이나 기다렸는지."

"네가 그걸 어떻게 알아?"

그 애가 햄버거 가게를 한 번 쳐다보고 말했다.

"그때 나 여기 있었으니까."

"근데 왜 안 나왔어?"

"그냥. 네가 날 얼마나 기다릴지 궁금해서."

"단지 그게 궁금해서?"

그 애가 고개를 끄덕였다.

화를 내봤자 의미 없다는 걸 알았다. 나는 고개를 끄덕이고 그 사실을 받아들였다.

"다섯 시간이나 나 보면서 뭐 했는데?"

"생각."

"뭔 생각."

"쟨 왜 안 가고 계속 기다리는 걸까. 언제까지 기다리려는 걸까. 진짜 바보일까."

"근데 넌 왜 여기서 그 바보짓을 하고 있는데?"

"궁금했다니까. 그냥 궁금했어. 네가 날 왜 기다렸을지."

"그래서 해결됐어?"

"대충은."

"뭔데?"

"그냥 기다리고 싶었던 거야."

나는 멍하니 그 애를 봤다. 내 마음을 전부 읽혔다. 분명 긴 시간을 기다리면서 투덜거리기도 했지만 딱 하나만 바라고 있었다. 네가 왔으면 좋겠다고.

"밥 먹었냐?"

"아니."

"밥 먹으러 가자."

"네가 사는 거야?"

"살게."

"왜?"

"그냥, 나도 내가 사고 싶어서."

말실수를 했다. 김초희는 곧바로 나를 끌고 갔다. 정신을 차려보니 저번에 갔던 소고기집이었다. 그 애는 들어가자마자 거침없이 주문했다.

"여기 꽃등심 이 인분 주세요."

"야, 꽃등심?"

그 애가 무척 순진무구한 눈으로 나를 보며 말했다.

"왜? 사준다며."

나는 체념하고 고개를 끄덕였다.

김초희는 미친 듯이 먹었다. 꼭 단 한 번도 소고기를 먹어본 적이 없는 사람처럼 구워지기가 무섭게 불판 위에 있는 고기를 가져갔다.

"야, 천천히 좀 먹어."

"괜찮아."

나는 속으로 말했다.

내가 안 괜찮아.

김초희는 내 속마음에 대답이라도 하듯 소리쳤다.

"여기 일 인분 더 주세요!"

이대로 도망갈까? 나는 지갑을 확인하고 도망가기로 마음을 굳혔다.

"나 화장실 좀."

그 애는 허겁지겁 소고기를 먹느라 내가 무얼 하는지 신경도 쓰지 않았다.

나는 화장실에 들어가 거울 속 나를 보며 손을 씻었다.

버리고 나오면 알아서 해결하겠지.

나는 화장실 입구에서 가게 입구를 조심스레 살폈다. 조금만 걸으면 됐다.

나는 재빠르게 화장실에서 나가려고 했다. 옆도 뒤도 안 보고 앞만 보며 걷는데 주인이 나를 막아섰다.

"저기 학생."

"네?"

"계산해야지."

"예?"

나는 김초희가 있던 자리로 고개를 돌렸다. 텅 비어 있었다.

나는 텅 빈 공간을 공허하게 바라봤다. 이제 딱히 억울하지도 않았다. 나는 체념하고 고개를 끄덕였다.

지갑에서 돈을 탈탈 털어 계산을 하고 밖으로 나왔다. 김초희가 편의점 앞에서 이온 음료를 마시고 있었다.

"야, 잘 먹었다."

"너 언제 나갔냐."

"너 화장실 갔을 때. 넌 너무 티나. 그런 짓을 할 때는 포
커페이스를 유지하라고. 그렇게 벌벌 떨면서 화장실 가면
초등학생도 눈치채겠다."

"대단해."

"근데 너 왜 왔어?"

"뭐가?"

"왜 갑자기 왔냐고."

나는 거짓말을 했다.

"그냥 근처에 약속 있었는데 가다가 들러본 거야."

그 애는 별 생각 없이 고개를 끄덕이다가 걸었다.

"집에 가게?"

"응."

나는 그 애를 따라갔다.

해가 지고 주위가 깜깜해졌다. 김초희와 어두운 길을 걷
고 있으니 예전 일이 떠올랐다.

나는 장례식장을 생각하다가 말했다.

"나 궁금한 거 있어."

"뭔데?"

"그때 장례식장에서 새벽에 한 번 마주쳤잖아. 왜 그렇

게 노려봤어?"

그 애는 잠시 생각하다가 말했다.

"너희 가족이 오지랖 부린 거라고 생각했거든."

"뭐가?"

"장례식장 열어준 거. 우리 언니 장례식장에 찾아오는 사람은 없었으니까."

나는 말없이 고개를 끄덕였다.

"아빠는 부를 사람도 없으면서 그냥 돈을 주겠다고 하니까 한 거야. 공짜로 술 마실 수 있으니까. 그런 사람이야. 자기 자식이 죽었는데 그걸 이용해서 술을 얻어먹는 사람. 그리고 나도 똑같아. 아무도 찾아오지 않는 장례식장이랑 너희 장례식장이랑 비교하면서 화가 났거든. 자격지심 같은 게 올라왔던 거지. 근데 밥 세 끼 다 먹을 수 있더라. 반찬도 괜찮고."

"미안."

"뭐야, 돈 내놔."

"뭔 갑자기 돈이야?"

"벌금. 우리 관계에선 그런 감정 느끼지 말기로 했으니까."

그 애가 손을 내밀었다.

"만 원."

"네가 고기 엄청 먹어서 돈 다 썼어."

"그럼 나중에 내놔. 그러니까 왜 미안하다고 해?"

"그럼 네가 나한테 빌려간 돈에서 까. 팔만 원 빌려갔잖
아."

"그러든가."

"아주 돈에 환장했네."

그 애가 천연덕스럽게 말했다.

"우리 집은 가난하니까."

나는 김초희를 집까지 데려다줬다. 그 애는 아무 말 없이
집으로 들어갔다. 나는 괜히 그 애가 문을 닫고 들어간 후
에도 한참 동안 그 집 문을 쳐다보다가 골목길을 나갔다.

14
김초희

일교시 수업이 끝나고 화장실에 가려고 자리에서 일어났다. 뒷문으로 걸어가는데 임채웅이 난처한 얼굴로 강민혁과 얘기하고 있는 게 보였다.

그 대화는 한 번으로 끝이 아니었다. 다음 쉬는 시간에도 두 사람은 뒤로 나가 속닥거렸다. 임채웅은 여전히 난처해하고 있었다. 무슨 얘기일까.

나는 삼교시가 끝나자마자 자리에서 일어나 뒤쪽에서 핸드폰을 보는 척했다. 금방 강민혁이 다시 임채웅을 뒤로 불러냈다. 나는 시선을 핸드폰으로 고정시켜놓고 귀에 온 신경을 집중했다.

강민혁이 주변을 살피다가 말했다.

"물어봤어?"

임채웅이 기죽은 얼굴로 대답했다.

"아직."

"안 물어보고 뭐 했어. 빨리 좀 물어보라니까."

"알았어."

"안 되겠다. 점심시간에 밥 먹고 바로 같이 가서 물어보자."

두 사람이 얘기를 끝내고 자리로 돌아갔다. 강민혁이 뭘 물어봐달라고 저렇게 난리를 치는지는 알 수 없었다.

점심시간이 됐다. 밥을 먹고 교실로 돌아가는데 교실 뒷문에서 임채웅과 그 애의 짝이 같이 나오고 있었다. 그리고 곧 강민혁도 뒷문에 나타나 조용히 있었다. 아까 물어봐달라고 난리를 치던 얘기인 것 같았다.

나는 걸음을 멈추고 핸드폰을 보는 척하면서 두 사람의 얘기를 엿들었다.

임채웅의 짝이 의아하다는 표정을 하고 물었다.

"무슨 일인데?"

"이런 거 물어봐서 미안한데……."

"뭔데? 물어봐."

"그게…… 민혁이 왜 찼어?"

"아, 그거 물어보려고 그런 거야?"

"응."

"왜? 걔가 물어봐달래?"

"아니, 그런 건 아니고. 그냥 궁금해서."

여자애는 이런 걸 말해도 되나, 하는 얼굴로 뜸을 들이다가 입을 열었다.

"네 친구면 더 잘 알지 않아?"

"뭘?"

"걔 성격. 솔직히 걔랑 어떻게 사귀어. 말투도 별로고, 성격도 별로인 거 같고. 좀 양아치 같잖아."

임채웅이 고개를 끄덕이자 여자애가 한마디 더 했다.

"그리고 걔 여자도 때리잖아."

일순간 강민혁의 얼굴이 일그러졌다.

임채웅은 당황한 얼굴로 멍 때리다가 고개를 끄덕이고 말했다.

"미안, 이런 거 물어봐서."

"아니야, 말 안 할 거지?"

"응, 안 해."

"대답해줬으니까 나 매점에서 바나나 우유 사주라."

"알았어, 가자."

강민혁은 도망치듯 다른 곳으로 가버렸다.

대충 상황 파악이 됐다. 강민혁이 임채웅 짝한테 고백을 했다가 차였는데 그걸 물어봐달라고 징징거린 거였다.

다음 날, 구석진 자리에 앉아 밥을 먹고 있는데 한 칸 떨어진 자리에 강민혁이 남자애들이랑 앉았다.

강민혁은 힐끔 한 번 뒤를 돌아 나를 보더니 갑자기 손을 들었다. 앞을 보니 임채웅이 있었다. 그 애가 썩 좋지 않은 표정으로 다가왔다.

귀찮은 일이 벌어질 것 같아 빨리 교실로 돌아가려고 급하게 음식을 입에 집어넣는데 강민혁과 남자애들이 내 욕을 하는 소리가 들려왔다. 대충 내가 몸을 판다느니, 돈만 주면 뭐든 다 한다느니 하는 소리였다.

나는 고개를 돌려 임채웅을 봤다. 그 애가 밥을 푼 숟가락을 입으로 가져가다가 내려놓고 강민혁을 쳐다봤다.

강민혁은 남자애들이랑 더 시시덕거리며 나를 욕하다가 자리에서 일어났다.

나는 임채웅의 뒷모습을 가만히 보다가 자리에서 일어났다. 식판을 치우고 계단을 올라갔다. 지나치는 학교 애들이 모두 나를 보면서 수군대는 느낌이었다.

정수기로 가서 물을 마시는데 강민혁이 남자애들과 담배 냄새를 풀풀 풍기면서 다가와 내게 말했다.

"원조 교제 그런 건 얼마 받고 하냐?"

나는 태연하게 대답했다.

"너희 엄마한테 물어봐. 그걸 내가 어떻게 알아?"

"지금 뭐라고 했냐?"

나는 더 대꾸하지 않고 그 애들을 지나쳤다. 시야를 가리고 있던 남자애들을 지나치자, 앞에 당황한 얼굴로 서 있는 임채웅이 보였다.

그 말을 믿고 있을까.

나는 시선을 돌리고 그 애를 지나갔다.

자리에 앉아 있는데 교실 문이 벌컥 열렸다. 반 애들이 놀라서 뒤를 돌아봤다. 강민혁이 길길이 날뛰면서 내 쪽으로 다가왔다. 나는 딱히 신경 쓰지 않았다.

강민혁은 오자마자 내 책상을 발로 차버렸다. 책상 위에 있던 책이 날아가고, 책상이 시끄러운 소리를 내며 넘어갔다. 책상 서랍에 있던 책도 다 쏟아졌다.

"너 방금 뭐라고 했냐니까? 엄마한테 물어봐? 우리 엄마 욕한 거냐?"

주변에 있던 애들이 놀라서 다른 곳으로 피했다. 나는

무덤덤하게 일어나 강민혁의 자리에 걸려 있는 가방을 빼 창밖으로 던져버렸다.

"야! 미쳤냐?"

강민혁이 어쩔 줄 모르는 얼굴로 창밖과 나를 번갈아가 면서 쳐다봤다. 나는 차분하게 넘어간 책상을 세우고 떨어 진 물건을 주웠다.

"넌 학교 끝나고 봐. 진짜 뒤질 줄 알아."

학교가 끝나고 골목으로 들어가는데 강민혁의 목소리 가 들려왔다.

"야, 쌍년아!"

나는 뒤를 돌아봤다.

"너, 우리 엄마가 뭐?"

나는 아무 대답도 하지 않았다. 강민혁 뒤에는 임채웅과 남자애 한 명이 있었다.

"대답 안 하냐? 그리고 시발년아. 너 때문에 나 이미지 병신 됐는데 어떡할 거야?"

나는 한 번 비웃고 말했다.

"놀고 있네."

강민혁이 주먹 쥔 손을 들어 올렸다.

"뭐, 이 개 같은 년아?"

"쳐봐. 네 입 반대쪽도 구멍내줄 테니까. 양쪽에 구멍 나면 대칭도 맞고 웃기겠네."

"진짜 뒈지고 싶어?"

임채웅은 안절부절 어쩔 줄을 몰라 하고 있었다. 그 애의 친구가 강민혁을 말리기 시작했다.

"야, 그만하고 가자."

"놔봐. 이 개 같은 년 말하는 거봐. 못 들었어?"

"여자랑 싸워봤자 너만 손해야. 알잖아."

나는 계속 욕하는 강민혁을 같잖다는 얼굴로 보다가 집으로 돌아갔다.

전단지를 돌리는데 안절부절못하던 임채웅의 얼굴이 떠올랐다. 아무 사이도 아니라면 멀어지게 되더라도 괜찮을 줄 알았는데 기분이 이상했다.

일이 끝나고 집으로 걸어가는데 자기 손목을 칼로 긋던 언니가 떠올랐다. 나는 골목을 들어가다 말고 담에 등을 기대고 쪼그려 앉아 손목에 있는 붕대를 풀었다. 손목은 흉터 때문에 거무스름했다.

나는 숨을 길게 내뱉고 칼로 내 손목을 찍었다. 붉은 피가 손목을 타고 흘러내려 바닥으로 뚝뚝 떨어졌다. 손이 덜덜 떨려오면서 쥐고 있던 칼을 놓쳤다. 나는 피가 쏟아지는 손목을 가만히 보다가 일어났다.

골목으로 들어가는데 집 앞에 익숙한 실루엣이 서 있었다. 임채웅이었다. 여기 왜 있을까.

그 애는 나를 바라보다가 피가 떨어지는 내 손목으로 시선을 돌렸다.

나는 신경 쓰지 않고 지나갔다. 임채웅은 가만히 있다가 내 팔을 잡더니 손목을 자기 눈앞으로 가져갔다.

나는 팔을 빼려고 힘을 주면서 말했다.

"놔!"

임채웅은 힘을 더 꽉 주고 말했다.

"너 이기적이라며. 너만 생각한다며."

"그래서 어쩌라고."

"너만 생각한다는 애가 팔을 이렇게 만들어?"

"네 알 바야? 내가 내 팔을 어떻게 하든 네가 뭔 상관인데?"

"너 걱정하는 거 아니야. 네가 그러면 내가 잘못한 것만 같잖아. 넌 이기적이어야만 해. 너만 생각해야 하고. 그래야 내가 살 수 있으니까."

임채웅은 나를 끌고 이십사 시간 운영하는 약국으로 갔다. 연고, 밴드, 붕대를 사더니 편의점에 들어가 생수를 들고 나왔다.

그 애는 나를 학교로 데려갔다. 스탠드에 앉자 임채웅이 내 손목에 생수를 부었다. 쓰라렸지만 티내고 싶지 않아 참았다. 눌어붙은 피가 다 사라지니 내 손목이 보였다.

임채웅은 내 손목에 연고를 바르고 밴드를 붙인 뒤 붕대로 감쌌다. 나는 시선을 돌리고 말했다.

"이런 거 하지 마. 나 엄청 못되고 이기적이야. 알잖아."

"나도 마찬가지라니까."

"그럼 서로 정 떨어지게 자기가 얼마나 이기적이었는지 하나씩 말해볼래?"

"그런 걸 왜 해."

"그냥 해보자."

"그럼 너 먼저 해."

"그래. 내가 초등학생 때 애들이랑 놀다가 언니를 마주쳤는데 창피해서 모른 척했어. 애들이 이상하다는 눈으로 언니 힐끔힐끔 보는데 나도 그런 눈으로 언니 봤어. 언니가 너무 꼬질꼬질하더라. ……이제 네 차례야."

임채웅은 잠시 생각하다가 말했다.

"나는 동생이 놀아달라고 했는데 귀찮아서 매일 피해 다녔어. 그러면 동생이 울거든. 울 때도 무시했어. 시끄럽

다고 생각하면서 쳐다보지도 않았어. 누나는 나 매일 놀아
줬는데 난 한 번을 제대로 놀아준 적이 없어."

"언니가 어디서 빵을 얻어왔는데 그거 나 혼자 다 먹었
어. 언니가 엄청 배고픈 눈으로 쭈그려 앉아서 나 보고 있
었거든. 엄청 배고파하는 것도 알고 있었는데 그냥 모른
척하고 내가 다 먹었어."

"나는 초등학교 때, 학교 안 가는 날, 누나가 집에서 동
생이랑 좀 놀아주라고 신신당부를 했는데 그냥 혼자 집에
두고 친구들 만나러 갔어. 혼자 있어서 하루 종일 울었나
봐. 밤늦게까지 놀다가 집에 들어가니까 동생 눈이 벌겋게
부어 있더라. 누나가 사과하라고 그랬는데 난 그것도 귀찮
아서 그냥 방으로 들어갔어."

나는 멍하니 허공을 바라보다가 말했다.

"나 '그 사람' 만났을 때, 내가 살고 싶어서 언니 두고 도
망쳤어. 언니가 죽을 수도 있다는 생각은 아예 안 하고 그
냥 내가 죽을까봐 무서워서 계속 달렸어."

"……난 동생이랑 '그 사람'한테 붙잡혔을 때. 내가 살고
싶어서 동생이 죽길 바랐어. 동생을 먼저 죽이라고 생각했
어. 어떻게든 살고 싶어서."

"난 그렇게 언니가 날 살려냈는데 죽으려고 했어. 차에

뛰어들어서.”

임채웅은 밤하늘을 바라보다가 말했다.

“이상해.”

“뭐가.”

“지금 네가 얼마나 이기적인지 알게 됐는데 싫지가 않
아. 그냥 다 이해가 돼.”

15
임채웅

여름 방학이 시작됐다. 빈둥대며 시간을 보내다가 강민혁이 옷을 사고 싶다고 해서 주말에 번화가로 갔다. 강민혁은 들뜬 얼굴로 고개를 이리저리 움직이며 사방을 둘러보다가 말했다.

"옷부터 보고 밥 먹으러 가자."

옷 매장에 들어가자 강민혁이 자기 가방을 벗어서 내게 내밀었다.

"채웅아, 이것 좀 들어줘. 옷 좀 보게."

나는 별 생각 없이 가방을 받았다.

옷을 보고 매장을 나가도 강민혁은 가방을 가져가지 않

았다. 몇 군데를 돌아다니다가 나는 가방을 돌려주려고 내밀었다.

"야, 가방."

"나 옷 좀 보게 조금만 들어줘."

"계속 들어줬잖아."

"뭐, 그런 거 갖고 그러냐."

강민혁은 구시렁거리면서 가방을 가져갔다.

한 시간이 넘게 옷 매장을 돌아다니다보니 지루하고 피곤해졌다. 김선우도 귀찮아졌는지 걸음을 멈추고 말했다.

"야, 그만하고 밥이나 먹자. 배고프다."

"뭐 한 것도 없잖아. 조금만 더 보자."

"한 시간이나 넘게 돌아다녔어."

"알았어, 밥 먹으러 가."

우리는 근처에 있는 일식집으로 들어갔다. 배가 고파 허겁지겁 밥을 다 먹고 밖으로 나가려는데 강민혁이 내 팔을 붙잡았다.

"채웅아, 나 이거 계산 좀 해주라."

"왜?"

"나 옷 사느라 돈 거의 다 썼어. 이것만 좀 내줘."

나는 아무 대답도 하지 않았다.

"채웅아?"

"나 돈 없어."

"너 용돈 받은 지 얼마 안 됐잖아."

"너도 돈 있잖아."

강민혁이 실망했다는 얼굴로 날 보다가 자기가 먹은 음식을 계산했다.

"요즘 임채웅 진짜 변했네."

김선우는 분위기가 이상해져가는 걸 감지했는지 말을 돌렸다.

"너 옷 다 샀지?"

"대충."

"그럼 피씨방이나 가자."

우리는 피씨방에 갔다. 게임을 하고 있는데 강민혁이 이건 해주겠지, 하는 얼굴로 내게 말했다.

"채웅아, 나 음료수 하나만 사줘."

나는 대답하지 않았다.

"야, 임채웅. 나 음료수 좀 사주라고."

"왜 자꾸 나한테 사달래. 너도 돈 있잖아. 네가 좀 사먹어."

"음료수 하나 갖고 그러냐? ……아, 됐다."

게임을 하는 내내 강민혁은 내게 말을 걸지 않았고 밖으로 나왔을 때도 김선우에게만 말했다.

전철을 타고 역으로 돌아갔다. 집으로 가려고 인사를 하는데 강민혁이 말했다.

"야, 임채웅. 나랑 걸어가면서 얘기 좀 하자."

"뭔 얘기? 여기서 해."

"할 얘기 있으니까 가면서 하자고."

"피곤해. 지금 해."

"너 갑자기 요즘 왜 그러냐?"

"뭐가?"

김선우가 당황한 얼굴로 말했다.

"너희 갑자기 왜 그래?"

"아니, 좀 조용히 해봐. 요즘 얘가 이상하잖아. 야, 내가 너한테 뭐 잘못했냐?"

"아니."

"근데 왜 그러냐?"

"뭘 말하는 건데?"

"네가 요새 화난 것처럼 굴잖아."

"화난 거 없어."

"근데 왜 그러는데?"

"내가 밥이랑 음료수 안 사줘서 그래?"

"말을 그딴 식으로 하냐. 그걸 말하는 게 아니잖아."

"그럼 뭔데?"

"갑자기 왜 그렇게 변했냐고."

"내가 뭘 변했다는 거야."

"갑자기 이상하잖아. 예전에는 잘 사주고 집에도 같이 가주기도 하더니. 아, 됐다. 근데 그게 그렇게 사주기 아깝냐? 용돈도 존나 많이 받으면서."

지금까지 꾸역꾸역 참아왔던 감정이 끓어올랐다.

만약 여기서 화를 낸다면 김선우와 강민혁은 날 어떻게 생각할까. 내 본모습을 알게 되고 실망하게 될까?

상반된 마음이 치열하게 싸움을 시작했다. 애들에게 내가 어떤 애인지 들통 나게 될까봐 두렵다는 마음과 굳이 참을 필요가 없다는 마음이 동시에 올라왔다. 나는 보도블록으로 된 바닥을 내려다보며 고민하다가 김초희를 떠올렸다.

나는 고개를 들어 강민혁을 똑바로 보고 말했다.

"나 똑같아. 네가 좀 너무하지."

"내가 뭘?"

"적당히 해야지. 매일 버스비 빌려달라, 펜 빌려달라. 뭐 사먹게 천 원, 이천 원 빌려가고. 어디만 가면 뭐 사달라고 하고 별것도 아니라고 하잖아. 네가 나한테 빌려가서 뭘 돌려준 적은 있어? 한두 번이야 그러려니 하지. 넌 계속 그러잖아. 내가 너처럼 하면 넌 기분 안 나빠?"

"진짜 쪼잔한 놈이었네. 그게 그렇게 아까웠냐? 그렇게 아까웠으면 말을 하지 그랬냐. 왜 말을 안 하냐? 친군데 그 정도도 못해줘? 내가 네 입장이면 얼마든지 해줬어."

왜 빌려주고 뭘 해주는 사람이 이런 소리를 들어야 할까.

"백 원이든 이백 원이든 빌려갔으면 그 사람이 갚지 말라고 안 했으면 무조건 갚아. 아무리 사소한 물건이라도 빌려갔으면 바로 돌려주고. 이기적이고 치사한 건 빌려가고 안 돌려주는 거지. 빌려준 사람이 아니라."

"아, 진짜 별것도 아닌 걸로 지랄이다. 기분 좆 같네."

"별것도 아니면 네가 해봐. 괜히 빌려준 사람 치사하게 만들지 말고."

"됐다. 네가 그 정도로 속 좁은 새끼인지 몰랐네."

"가볼게. 더 말해봤자 달라질 거 없으니까. 선우야, 미안. 나 가볼게."

뒤에서 강민혁이 욕하는 소리가 들려왔지만 무시하고 걸었다.

나는 집으로 가지 않고 김초희의 집 앞으로 갔다. 아직 일이 끝날 시간은 아니었다. 하늘은 깜깜했고 골목길에 우두커니 선 가로등이 주황빛 불을 밝혔다. 하고 싶은 말을 다 했는데도 속은 엉망으로 꼬여버렸다. 잘한 건지, 아닌 건지도 분간이 가지 않았다.

복잡한 머릿속을 어떻게든 정리해보고 있는데 발걸음 소리가 들려왔다. 금방 김초희가 가로등 불빛으로 들어왔다. 눈이 마주치자 그 애가 말했다.

"여기서 뭐해?"

"그냥…… 너 기다렸어."

김초희의 얼굴을 보자, 꽉 막혀오던 숨통이 트였다. 그제야 나는 숨을 길게 내뱉었다.

그 애는 나를 빤히 바라보다가 말했다.

"기다려."

"왜?"

그 애는 설명 없이 어딘가로 갔다가 금방 돌아왔다. 손에는 캔맥주 두 개가 있었다.

"가자."

"어디?"

그 애는 대답 없이 걸었다. 폐가가 있는 언덕을 올라가고 있었다. 나는 잠깐 고민하다가 뒤따라갔다. 여전히 언덕길은 조용하고 깜깜했다. 나는 한 번씩 뒤를 돌아보며 누가 따라오지는 않는지 확인했다.

김초희는 폐가로 들어가더니 옥상으로 올라갔다. 그리고 플라스틱 의자에 앉아 동네를 내려다봤다. 한두 번 와본 게 아닌 듯했다.

나는 주변을 두리번거리다가 난간으로 갔다. 저번에 왔을 때는 급하게 내려가 아무것도 보지 못했는데 난간 앞에 서니 이 동네가 훤히 보였다. 김초희가 사는 곳도 보였다.

그 애가 캔맥주 하나를 내밀었다.

"마셔."

김초희는 망설임 없이 캔맥주를 마셨다. 나는 망설이다가 될 대로 되라는 생각에 캔맥주를 따고 한 모금을 마셨다. 김초희와 있으면 그래도 될 것 같았다.

캔맥주는 시원했다. 막혔던 속이 뻥 뚫리는 기분이었다.

나는 밤하늘을 바라봤다. 근처에 높은 건물이 없어 뻥 뚫려 있는 검은 하늘에 커다란 보름달이 떠 있었다. 나는 달을 바라보다가 말했다.

"동생 죽었을 때 방에 틀어박혀서 지냈었거든. 그때 하루에도 수십 개씩 인터넷에 기사 올라왔잖아. 댓글 보니까 그런 말이 많더라고. 동생 때문에 살았다고. 나 대신 동생이 죽었다고. 그걸 보니까 사람들이 날 어떻게 생각하는지 알겠더라. 난 사람들한테 동생 죽이고 살아남은 애였던 거야. 그렇게 생각하니까 내가 정말 나쁜 사람이 된 것 같더라. 그냥 지나가다가 마주치는 사람들도 날 보면 나쁜 새끼라고 욕할 것만 같아서 가끔은 사람 없는 길로 돌아가기도 했다?"

"그런데?"

"……다시 그때로 돌아간다고 해도 그러지 않을 자신이 없어. 또 그럴 것만 같아."

"그래서 하고 싶은 말이 뭔데?"

"만약에 사람들이 이런 내 본모습을 알게 된다면 내 옆에 몇 명이나 남을까?"

그 애가 맥주를 한 모금 마시고 말했다.

"그런 게 중요해?"

"모르겠어. 그냥 무서워."

"뭐가."

"아무도 남지 않을까봐."

"남아 있어."

"어?"

"난 네가 어떤 사람인지 아는데도 네가 싫지 않으니까."

"난 어떤 사람인데?"

"좋은 사람."

16

김초희

샤워를 하고 잘 준비를 했다. 이불 속으로 들어가 눈을 감는데 핸드폰에 진동이 왔다. 이 시간에 문자가 올 일이 없었다. 바닥을 더듬어 핸드폰을 찾았다. 문자를 확인해보니 임채웅이었다.

"생일 축하해."

다시 자려고 눈을 감았지만 잠이 오지 않았다. 이리저리 뒤척이기를 반복하다가 포기하고 일어났다. 벽에 등을 기대고 앉아 예전 생일을 떠올렸다. 돈도 없던 언니가 어디서 초코파이를 사와 케이크를 만들어준 적이 있었다. 나보다 더 좋아하던 언니의 얼굴이 너무 선명하게 기억났다.

잠을 못 자고 있다가 해가 뜨는 것을 보게 됐다. 피곤한 상태로 아르바이트에 갈 준비를 하고 있는데 임채웅에게 전화가 왔다.

"왜."

"밥 먹자. 나와."

"너 어딘데?"

"너희 집 앞."

밖으로 나갔더니 정말로 골목에 임채웅이 서 있었다.

"중국집 가자."

나는 고개를 끄덕였다.

늘 가던 중국집에 들어가 음식을 주문했다. 임채웅은 눈치를 보다가 말했다.

"문자 못 봤어?"

"봤어."

"근데 왜 답장을 안 하냐."

"나한테 내가 태어난 날은 '그 사람'을 만난 날보다 더 최악인 날이야."

밥을 다 먹고 중국집에서 나왔다. 나는 시간을 확인하고 말했다.

"나 아르바이트 간다."

몸을 돌려 걸어가는데 임채웅이 나를 따라와 내 팔을 잡았다.

"야."

"왜."

"오늘 나랑 놀자."

"뭔 소리야. 알바 가야 돼."

"그냥 하루 빼."

"뭐야, 갑자기."

"같이 가자."

"어디 갈 건데."

"넌 가고 싶은 데 있어?"

"없어."

"그럼 내가 가고 싶은 곳 간다."

"어딘데?"

"한강."

"한강?"

"응, 날씨도 좋은데, 가자. 전화해서 알바 못 간다고 해."

임채웅이 이렇게 완고하게 자기주장을 내세우는 건 처음이었다. 나는 잠깐 고민하다가 고개를 끄덕였다.

역으로 걸어가면서 일 시키는 아저씨한테 그만두겠다

고 문자를 보냈다. 문자를 보낸 지 삼십 초도 지나지 않아
전화가 왔다.

나는 임채웅과 좀 떨어져서 전화를 받았다.

"네가 그러면 어떡해? 갑자기 그러면 어떡해?"

"힘들어서요. 끊을게요."

전화를 끊자마자 다시 전화가 왔지만 받지 않았다.

역에 도착하고 버스를 탔다. 나란히 앉아 가다가 임채웅
이 말했다.

"사장님이야? 뭐라고 해?"

"아프다고 거짓말하니까 알았대."

"다행이네."

한강에 도착했다. 계단을 내려가는 길에 사람이 꽤 많이
보였다. 주말이라 그런지 잔디밭 위에는 돗자리와 텐트가
이미 가득했다. 사람들은 돗자리에 누워서 하늘을 보거나
배달 음식을 시켜 먹으며 맥주를 마시고 있었다.

임채웅과 나는 강 옆을 천천히 걸었다. 오랜만에 탁 트
인 곳에 와서 그런지 속이 시원했다.

한참을 걷다가 임채웅이 말했다.

"우리도 돗자리 살까?"

나는 마음대로 하라는 얼굴로 그 애를 봤다.

우리는 잔디밭으로 올라가 자리를 잡고 은색 돗자리를 펼쳤다. 나는 곧바로 돗자리에 누웠다. 임채웅도 어색하게 내 옆으로 와 조심스럽게 팔을 모으고 누웠다. 튀어나온 돌멩이가 등에 그대로 느껴져 불편했지만 하늘이 훤히 보여서 괜찮았다. 하얀 구름이 떠다니고 새가 훨훨 날아다녔다.

멀어져가는 새를 눈으로 쫓는데 임채웅이 말했다.

"알바 안 가길 잘했지?"

"평생 이렇게 누워만 있고 싶다."

"평생?"

"응, 평생."

"다시 태어나면 뭐로 태어나고 싶어?"

"생각만으로도 끔찍하다. 다시 이런 지긋지긋한 세상에 태어난다고 생각해봐. 안 끔찍해?"

"끔찍하네."

우리는 치킨을 시켜 먹고 돗자리에서 더 뒹굴거리다가 자리에서 일어났다. 돗자리를 접고 다시 강 근처를 걸어다녔다.

시간이 제법 됐는지 해가 조금씩 저물었다. 우리는 벤치에 앉아 노을을 봤다. 노을 때문에 하늘이 주황빛으로 물들었다.

임채웅은 해가 지는 것을 바라보다가 말했다.

"야."

"왜."

"아직도 죽고 싶어?"

"몰라. 아마도 그게 나을 거야."

"왜?"

"생각하면 할수록 난 진짜 못된 애니까. 난 언니 생일이 언젠지도 몰랐어. 웃기지?"

"아니."

"웃긴 거야. 살아 있을 땐 모르다가 죽고 나서 알게 되고. 죽어버린 후에 생일을 알아서 뭐 한다고. 생일 축하한다는 말 한마디 해본 적이 없어. 언니는 늘 악착같이 날 챙겨줬는데."

나는 숨을 길게 내쉬고 말했다.

"언니는 대체 누굴 닮았던 걸까? 엄마는 자식도 버리는 사람이고 아빠는 술주정뱅이에 자기 자식 패는 사람인데 언니는 왜 그렇게 착하게 태어났을까? 난 그 사람들 피 그대로 물려받았는데. 이 세상을 영화라고 생각하고 내가 어떤 배역을 맡았다고 하면 난 아무리 생각해도 악역이야. 쿨하고 멋있는 악역도 아니고 그냥 보는 것만으로도 구역질 나고 화가 치미는 그런 악역."

"아니야."

"뭐가 아니야."

"너 좋은 사람이야. 누가 뭐라고 떠들든 넌 나한테 좋은
사람이야."

나는 아무 말도 하지 않았다.

"태어난 거, 네 말처럼 끔찍해. 끔찍한데 괜찮은 거 같아."

임채웅이 옅은 미소를 짓고 말했다.

"네가 태어난 날을 어떻게 생각하는지 잘 알겠는데, 솔
직히 난 네가 있어서 다행이야. 태어나줘서 고마워."

지금까지 사람들은 내게 왜 태어났느냐며 욕을 하거나
그런 눈빛을 보내곤 했다. 아빠도 마찬가지였다.

처음이었다, 태어나줘서 고맙다는 말은.

나는 고개를 떨어뜨려 머리카락으로 얼굴을 가렸다.

밤이 되고 우리는 집으로 돌아갔다. 임채웅은 나를 집에
데려다줬다.

골목에서 내가 말했다.

"간다."

그 애가 고개를 끄덕였다가 다시 나를 불렀다.

"야."

"왜."

"생일 축하해."

"맨입으로 축하하네. 선물은 없어?"

"어?"

"선물은 없냐고."

임채웅은 나를 보고 곰곰이 생각하다가 말했다.

"나 골탕 먹이고 싶을 때 골탕 먹여. 당해줄 테니까."

"그게 뭐야."

"나 골탕 먹일 때 웃는다며? 웃고 싶을 때 나 골탕 먹이라고."

임채웅이 인사를 하고 갔다. 나는 멀어져가는 그 애를 바라보며 생각했다.

다시 태어난다 하더라도 괜찮지 않을까.

나는 고개를 들어 밤하늘을 보고 말했다.

"언니, 나 살고 싶어졌어."

17

임채웅

아빠가 퇴근을 하고 왔다. 나는 방에서 나와 인사를 했다.

"다녀오셨어요."

아빠가 들고 있던 검은 봉지를 내게 내밀었다.

"고기 사왔다."

나는 돼지고기가 든 검은 봉지를 누나에게 주고 저녁 차리는 걸 도왔다.

저녁이 차려지고 허겁지겁 밥을 먹었다. 밥 한 공기를 순식간에 먹고 더 먹으려고 자리에서 일어나자, 누나가 말했다.

"채웅아, 너 요즘 뭐 좋은 일 있어?"

"왜?"

"밥도 잘 먹고 얼굴도 좋아 보여서."

"별거 없는데."

누나는 의아하게 날 보다가 좋아 보이면 됐다고 생각했
는지 미소를 짓고 고개를 끄덕였다.

밥을 다 먹고 방으로 들어가 핸드폰을 보고 있는데 김선
우에게 전화가 왔다.

"집이야?"

"응."

"잠깐 얘기 좀 하자. 너희 집 근처로 갈게. 공원으로 와."

"알았어."

전화를 끊고 밖으로 나갔다. 나는 어두운 밤길을 걸으며
강민혁과 싸웠던 일을 생각했다. 계속 생각해봐도 잘한 건
지 아닌 건지 알 수 없었지만, 속은 후련했다.

밤이라 그런지 공원에는 사람이 없었다. 나는 벤치에 앉
아 있었다. 오 분 정도 후에 김선우가 왔다.

"언제 왔어?"

"방금 왔어."

"괜찮은 거야?"

"괜찮아. 민혁이는?"

"화난 것 같은데 좀 당황했더라. 네가 화내니까."

나는 고개를 끄덕였다.

"근데 네가 웬일이냐. 하고 싶은 말도 다 하고?"

"너한텐 미안해."

"뭐가 미안해. 솔직히 네가 그러니까 내가 다 시원하더라."

"왜?"

"네가 그러는 거 처음 보니까."

나는 바닥을 가만히 쳐다봤다.

"나는 네가 굳이 안 참았으면 좋겠다. 힘들면 힘들다고 말하고 화나면 화도 좀 내고. 가끔은 네가 민혁이처럼 진상이라도 부렸으면 해."

"왜?"

"이상하게 힘들다고 난리치는 민혁이보다 아무 말도 안 하는 네가 더 걱정되더라. 초등학생 때부터 네가 힘들다고 말하는 걸 들어본 적이 없어. 네가 우는 걸 본 적도 없고. 차라리 좀 울기라도 하든가."

김초희의 무덤덤한 얼굴이 떠올랐다.

"근데 어제 네가 처음으로 화를 내더라. 솔직히 신기했어. 너도 사람 맞구나 생각했다."

"이제 그렇게 살려고."

"갑자기 왜 달라진 거야?"

"어떤 애가 나에 대해서 다 알아. 다 아는데도 나보고 좋은 사람이래. 내 옆에 있을 거래. 그 말을 들으니까 그래도 될 것 같더라."

"누군데?"

"김초희."

"걔 맞지? 살아남은 애."

나는 고개를 끄덕였다.

"그 애랑 있으면 내가 조금씩 달라지는 게 느껴져. 채희 그렇게 죽고 한 번도 제대로 웃어본 적이 없는데 그 애랑 있으면 내가 진심으로 웃고 있어. 난 평생 행복하면 안 되는 사람이라고 생각하면서 살았는데, 그 애가 행복해졌으면 좋겠다고 생각하니까 나도 행복해지고 싶어졌어."

"다행이네."

"뭐가?"

"지금까지 네가 웃는 것도 제대로 본 적이 없는데 행복해지고 싶다고 하니까. 민혁이한테는 내 눈치 보지 말고 하고 싶은 대로 해. 난 딱히 불편한 거 없어. 화해하고 싶지 않으면 안 해도 되고. 달라질 거 없으니까."

"고마워."

개학을 하기 전까지 난 김초희와 자주 만났다. 그 애가 아르바이트를 가는 날이면 같이 점심을 먹고, 쉬는 날이면 놀러갔다.

놀다보면 가끔 내가 김초희와 무슨 사이인지 생각하게 됐다. 여전히 난 우리가 무슨 사이인지 알지 못했다. 그 애에게 물어본다고 해도 알려줄 리가 없었다.

그런 생각은 김초희를 만나고 온 날이면 더 강해졌다.

대체 우린 무슨 사이일까.

진지하게 고민하는 시간이 길어질수록 아물려면 어떻느냐는 생각도 들었다. 무슨 사이이건, 옆에 있기만 하면 괜찮지 않을까.

개학날이었다. 덜커덩거리는 버스에서 나는 창밖을 봤다. 이제 가을이 오는지 하늘이 유난히 푸르게 느껴졌다. 뻥 뚫린 하늘을 보고 있으니, 모든 게 잘될 것만 같았다. 크게 달라진 건 아무것도 없지만 마음이 편안했다.

나는 교실에서 김선우와 잡담을 했다. 강민혁은 교실에 들어와 굳은 얼굴로 날 한 번 쳐다보고는 자기 자리로 갔다. 사과를 한다면 화해하겠지만 먼저 사과할 생각은 없었다.

조회를 시작하는 종이 울리고 앞문이 열렸다. 시끄럽던

교실이 천천히 조용해지고, 반 애들은 앞을 봤다. 담임과 남자애 한 명이 같이 들어왔다. 주변에서 누구냐며 수군거렸다.

그 남자애가 정면을 보고 섰다. 어디선가 본 듯한 얼굴이라 눈을 똑바로 뜨고 자세히 봤다. 머릿속을 무언가 스치고 가면서 온몸에 소름이 돋았다.

나는 당황해서 팔을 움직이다가 실수로 필통을 쳐버렸다. 필통이 떨어지고 안에 있던 펜이 쏟아졌다. 그 소리 때문에 전학생이 나를 쳐다봐 눈이 마주쳤다. 차가운 표정, 매서운 눈. 기억이 떠올랐다. '그 사람'의 아들, 백인우였다.

3부

네가 있으면 괜찮아

18

김초희

개학을 했다. 학교로 와 교실로 걸어가는데 맞은편에서 담임과 한 남자애가 같이 걸어왔다. 아직 거리가 멀어 잘 보이지는 않았지만 같은 반 애는 아닌 것 같았다. 거리가 가까워지면서 흐릿하게 보이던 남자애가 선명해졌다. 학교에서 한 번도 본 적이 없는 얼굴이었다.

근데 왜 낯이 익을까.

지나가려는데 담임이 나를 보고 인사를 했다. 그 때문에 남자애가 나를 쳐다봤다. 눈이 마주치자, 머릿속을 무언가 스치고 지나가면서 이름 하나가 떠올랐다. 백인우.

나는 잘못 봤나 싶어 다시 한 번 얼굴을 확인했다. 인터

넷에서 떠도는 그 얼굴과 똑같았다.

뭘까, 전학이라도 온 건가?

교실에 들어가자 임채웅이 기분 좋은 얼굴로 친구와 얘기하고 있는 게 보였다.

만약 백인우가 지금 이 학교에 있다는 걸 임채웅이 알면 어떻게 받아들일까. 괜찮을까.

조회를 시작하는 종이 울렸다. 금방 담임이 백인우와 같이 들어왔다. 같은 반이 된 듯했다. 딱히 어떤 감정이 일지는 않았다. 그저 불편하게 됐다는 생각뿐이었다. 되도록 서로 모른 채로 지내고 싶었는데.

나는 고개를 돌려 임채웅을 봤다. 상태가 좋아 보이지 않았다. 다시 고개를 돌려 백인우를 봤다. 전학을 다니는 게 익숙한 일인지 무덤덤해 보였다.

백인우는 날 알고 있을까.

나는 생각을 해보다가 포기하고 자리에 엎드렸다. 어차피 이미 벌어진 일이었다. 생각을 한다고 달라질 게 없었다. 하지만 사교시가 끝날 때까지 잠은 오지 않았다.

점심시간에 급식실로 내려갔다. 구석진 자리에 앉아 밥을 먹고 있는데 백인우가 내 근처에 앉았다. 밥을 먹으면서 몇 번 쳐다봤는데 날 전혀 신경 쓰지 않았다. 다행히 날 모르는 것 같았다. 이대로만 된다면 졸업할 때까지 원하는 대로 될 수 있을 것 같기도 했다. 백인우는 나보다 빨리 식판을 비우고 급식실을 나갔다.

밥을 다 먹고 교실로 올라갔다. 교실 앞에 다른 반 애들이 모여 기웃대고 있었다. 나는 신경 쓰지 않고 들어갔는데 교실이 평상시와 좀 달랐다. 평소 같으면 시끄럽게 떠들고 있어야 할 애들이 옹기종기 모여 속닥대고 있었다. 백인우는 엎드려 있었다.

자리에 앉으니 반 애들의 숙덕거리는 소리가 들려왔다.

"전학생 아빠 연쇄 살인범이라며?"

딱히 놀라운 일은 아니었다. 백인우의 이름만 검색해도 나올 정보가 수십 개인 데다가 몇 사이트에선 범죄자의 아들에게는 인권 따위가 존재하지 않는다며 신상 정보를 떡하니 올려놓았으니 알려지는 건 시간문제였다.

한참 반 애들이 호들갑을 떨며 수군대는데 교실 문이 벌컥 열리면서 강민혁이 들어왔다. 화가 잔뜩 난 얼굴이었다. 뒤에선 임채웅이 쩔쩔매며 쫓아오고 있었다.

강민혁은 엎드려 있는 백인우한테 가더니 책상을 발로 툭툭 차고 말했다.

"야, 일어나."

백인우가 고개를 들었다. 강민혁이 경멸에 찬 얼굴로 말했다.

"잠은 잘 오나보다? 너희 아빠가 그 살인자라며."

"근데?"

"근데? 존나 뻔뻔하네. 그 애비에 그 아들인가봐?"

백인우가 자리에서 일어나 강민혁에게 한 걸음 다가가 마주보고 섰다. 금방이라도 싸움이 날 것 같았다.

"한 대 치게? 쳐봐. 살인자 아들이 뭔 짓을 못하겠어."

"왜, 네 가족이라도 죽었어?"

강민혁이 거칠게 백인우의 멱살을 잡았다.

"뭐라고 새끼야?"

"가족이라도 죽었냐고."

"이 새끼 말하는 거봐라. 뒈질래?"

두 사람이 눈싸움을 벌이는데 종이 울렸다. 강민혁이 잡았던 멱살을 놓고 말했다.

"학교 끝나고 보자, 뒈질 줄 알아."

백인우는 무덤덤하게 자리로 돌아갔다.

학교가 끝나고 강민혁은 기다렸다는 듯이 백인우를 끌고 갔다. 학교 애들까지 몽땅 데려갔는데 좋게 끝날 것 같지가 않았다.

나는 뒤따라가다가 골목에서 멈췄다. 폐가로 가는 듯했
는데 상황이 끝나면 이곳을 지나가야만 했으니 어떻게 됐
는지 알게 될 것이었다.

학교에서 파랗게 질려 있던 임채웅의 얼굴이 떠올랐다.

무슨 생각으로 강민혁을 따라갔을까. 말리려는 걸까?
복수하려는 걸까.

이십 분 정도 지나자 발걸음 소리가 들려왔다. 고개를
들어보니 피투성이가 된 백인우가 걸어오고 있었다. 교복
과 손에 엉망으로 피가 묻어 있었다.

거리가 가까워지자, 백인우와 눈이 마주쳤다. 익숙한 눈
이었다. 하루하루가 지긋지긋해 보이는 눈.

백인우는 나를 빤히 쳐다보면서 지나갔다. 그리고 금방
여러 명의 발걸음 소리가 들렸다. 임채웅이 학교 애들과
내려오고 있었다.

나는 그 애를 쭉 훑어봤다. 얼이 빠진 상태였는데 다행
히 다친 곳은 없어 보였다.

강민혁은 학교 애들의 부축을 받아 간신히 걷고 있었다.
머리에선 피가 뚝뚝 떨어졌고 입에선 침이 흘러내렸다.

일단 아르바이트를 하러 가야 해서 바닥에 던져져 있는
우편물을 들고 집으로 들어갔다. 우편을 확인해보니 언니

의 납골당 비용 미납 독촉장이었다.

나는 가만히 독촉장을 쳐다봤다. 가진 돈이 전혀 없었다.

독촉장을 서랍에 넣고 밖으로 나왔다. 역 근처에 있는 중국집에서 오후 타임 서빙을 했다.

일을 하면서 나는 평소에 하지 않던 실수를 했다. 컵을 떨어뜨리기도 하고 주문을 잘못 받기도 했다.

갑자기 여기저기서 문제가 터졌다. 나는 막막하게 창밖을 봤다.

대체 어떻게 해야 할까. 뭐부터 해야 할지 갈피가 잡히지 않았다. 지금 임채웅은 괜찮을까?

19
임채웅

백인우였다. 눈이 마주치자 머릿속이 하얘지면서 세상이 멈춰버렸다. 사방에서 들려오던 잡다한 소리도 사라졌고 움직임도 멈췄다.

백인우의 눈만 또렷하게 보였다. 그 눈은 차가웠고 섬뜩했다. 무슨 짓이든 할 수 있을 것만 같았다. 눈 밑에는 사진에서 보지 못했던 큰 흉터가 있었다. 꿰맨 자국이었다. 그 흉터 때문인지 얼굴이 더 날카로워 보였다.

관자놀이를 타고 식은땀이 흘러내렸다. 이미 자기소개가 끝났는지 백인우는 일분단 끝자리로 걸어가고 있었다.

머릿속에서 오만가지 생각이 들끓다가 딱 하나가 선명

하게 떠올랐다.

　날 알고 있을까?

　나는 김초희에게로 고개를 돌렸다. 그 애는 엎드려 있었다. 누가 왔는지도 모르는 듯했다.

　점심시간이 되고 밥을 먹으러 갔다. 급식을 받고 자리에 앉았는데 입맛이 전혀 없었다. 젓가락으로 반찬을 끼적이는데 김선우가 말했다.

　"너 무슨 일 있어?"

　"어? 아니야, 없어."

　"근데 얼굴이 왜 그래?"

　"아니야, 아무 일도……."

　김선우가 의아해하며 나를 쳐다봤다. 나는 아무렇지 않은 척하려고 수저를 들었다. 밥을 먹으려는데 내 옆으로 강민혁이 다가왔다. 눈이 마주치고 나서야 다퉜던 기억이 떠올랐다. 그것도 완전히 잊고 있었다.

　강민혁이 식판을 내려놓고 말했다.

　"아직 화났냐?"

　"아니."

　"뻥치네. 너 그렇게 말하는 거 처음 보는데?"

　나는 아무 말도 하지 않았다.

"다신 안 그럴게. 화 풀어라."

"화 안 났어."

"그럼 화 푼 거 맞아?"

나는 고개를 끄덕였다.

화해를 했지만 지금은 딱히 중요하게 생각되지 않았다.

강민혁은 어색함을 풀어보려는지 이런저런 말을 늘어놓다가 백인우 얘기를 꺼냈다.

"야, 근데 전학생 봤냐?"

김선우가 심드렁하게 말했다.

"왜?"

"좀 이상하지 않냐?"

"이상하고 말 게 뭐 있어. 계속 엎드려있기만 하던데."

"그러니까 그게 이상하다고. 전학을 왔으면 알아서 반 애들이랑 빨리 친해질 생각을 해야지 엎어져만 있잖아. 애들이 말 걸었는데 무시했대."

"뭘 상관이야. 알아서 하겠지."

"인상도 별로고 마음에 안 들어."

점심을 먹고 강민혁은 담배를 피우러 가고 김선우와 나는 교실로 올라갔다. 백인우는 이미 밥을 먹었는지 엎드려있었다. 자리에 앉자 홍다은이 말했다.

"채웅아, 그거 들었어? 오늘 온 전학생 아빠가 연쇄 살인범이래."

벌써 소문이 난 듯했다. 일주일도, 이틀도 아니었다. 하루만이었다. 나는 뭐라고 대답해야 할지 몰라 놀라는 척만 했다. 김선우가 걱정스러운 얼굴로 나를 보고 말했다.

"채웅아, 얘기 좀 하자."

나는 고개를 끄덕이고 김선우와 같이 복도로 나갔다.

"괜찮은 거야?"

"괜찮아."

"담임선생님한테 한 번 말해볼까? 같은 반에 있기 불편하잖아."

"아니야, 괜찮아."

"어떻게 이런 일이 생기냐."

나는 착잡한 마음으로 한숨을 쉬었다. 얘기를 끝내고 교실로 돌아가려는데 강민혁이 심상치 않은 얼굴로 다가왔다.

"임채웅, 너 들었지?"

"응."

"알고 있었어?"

나는 고개를 끄덕였다.

"근데 왜 말 안 했어?"

"괜히 신경 쓸까봐. 신경 쓰지 마."

"어떻게 신경을 안 써. 그 개새끼 아들이잖아."

김선우가 말을 끊었다.

"그만해. 채웅이가 가만히 있는데 네가 왜 난리야?"

"친구잖아. 살인자 새끼 아들이 아무렇지도 않게 학교 다니는데 그냥 내버려둬?"

나는 다른 사람들이 이 대화를 들을까봐 안절부절못하며 말했다.

"그러지 마."

"뭘 그러지 마. 안 불편해? 너 졸업할 때까지 저 새끼랑 같은 교실 써야 되는데. 그게 말이 되냐?"

나는 아무 말도 할 수 없었다. 강민혁은 이렇게라도 잘못한 것을 만회하고 싶은지 길길이 날뛰다가 무대포로 교실에 들어갔다. 나는 말리려고 쫓아갔지만 소용이 없었다.

학교 수업이 끝나고 강민혁이 교실을 나가는 백인우를 붙잡고 말했다.

"야, 어디 가냐? 따라와."

계속 말려봤지만 기어코 싸워야겠다는 눈이었다. 복도로 나가자 강민혁의 학교 친구들이 몰려와 있었다. 그 애들은 저 새끼냐며 욕을 해대다가 연행하듯 백인우를 양쪽에서 붙잡고 끌고 갔다. 백인우는 별다른 저항 없이 순순히 끌려갔다.

골목으로 들어가 언덕을 올라갔다. 폐가로 가는 것 같았다. 한 남자애가 두리번거리는 백인우의 등을 툭툭 밀면서 말했다.

"야, 빨리빨리 걸어. 맞기 싫어서 천천히 걷냐?"

폐가에 도착했다. 폐가는 밤에 왔을 때와는 많이 다른 모습이었다. 커다란 공룡의 뼈를 보는 것 같았다. 남은 건 아무것도 없고, 골격만 덩그러니 있었다.

폐가 안은 난장판이었다. 바닥에는 시멘트 부스러기와 유리 파편이 가득했고, 깨진 술병도 몇 개 보였다. 걸을 때마다 부스럭거리는 소리가 들렸다.

안으로 깊이 들어가자 거실로 추측되는 공간이 나왔다. 생각보다 넓었는데 난장판인 건 마찬가지였다. 탁한 먼지 냄새가 진하게 났고 바닥에는 부서진 벽돌이나 나무 찌꺼기, 컵라면 용기 같은 것들이 잔뜩 흐트러져 있었다.

남자애들은 옆에서 시시덕거리며 싸움을 부추겼다.

"저 새끼 쫄아서 입도 뻥긋 못한다."

"민혁아, 살살해라. 쟤 울겠다."

강민혁은 의기양양하게 교복 셔츠를 벗고 담배를 피우

다가 백인우에게 꽁초를 던지고 말했다.

"새끼야, 네 아빠가 잘못했으면 너라도 빌어야지. 존나 뻔뻔하게 '근데'라고? 지금이라도 내 친구한테 무릎 꿇고 똑바로 사과해."

강민혁이 갑자기 나를 자기 옆으로 잡아끌고는 말했다.

"내 친구는 알아보겠냐? 네 아빠가 내 친구한테 뭔 짓 했는지 아냐고, 새끼야."

나는 당황해서 아무 말도 하지 못했다.

백인우는 무덤덤하게 나를 쳐다보다가 말했다.

"알아야 돼?"

"알아야 돼? 이 새끼가 진짜 돌았네. 넌 오늘 진짜 뒈졌어."

강민혁이 분을 못 참고 욕을 하면서 달려들었다. 백인우는 차분하게 바닥에 있던 부서진 벽돌을 줍더니 그대로 강민혁의 머리를 후려쳤다.

퍽!

소리가 나면서 강민혁이 풀썩 쓰러졌다. 뒤에서 시시덕거리던 남자애들이 순식간에 얼이 빠진 채 조용해졌다.

나도 얼어붙은 채로 가만히 있었다. 머릿속이 텅 비어버렸다.

남자애들은 금방이라도 달려들 태세로 표정을 바꿨다. 백인우는 벽돌을 버리고 가방에서 칼을 꺼냈다.

자신만만하던 남자애들이 칼을 보고 주춤하며 뒤로 물러섰다.

"뭐야, 저 새끼 칼 꺼냈어!"

날이 선 칼을 보자 머리가 핑 돌았다. 칼을 들고 서성이던 살인자의 모습이 눈앞에 펼쳐졌다. 다리가 후들거리고 숨이 잘 쉬어지지 않았다. 도망치고 싶었지만 다리가 움직이지 않았다.

백인우는 쭈그려 앉아 강민혁의 피 묻은 머리카락을 쥐고 얼굴을 들어올렸다. 질퍽거리는 피가 밑으로 흘러내렸다. 핏방울은 백인우의 손을 타고 흘러 교복으로 번져갔다. 강민혁의 입에서 흐느끼는 소리 비슷한, 이상한 소리가 새어나왔다.

백인우는 초점 잃은 강민혁의 눈을 보고 말했다.

"내가 그 애비에 그 아들이라 못 하는 짓이 없어."

백인우가 쥐고 있던 강민혁의 머리카락을 놓자 몸뚱어리는 힘없이 바닥으로 떨어졌다. 살포시 먼지 가루가 흩날렸다.

백인우가 일어나 내게 한 걸음 다가와 나를 뚫어지게 쳐다봤다. 그 눈빛 때문인지 몸이 덜덜 떨려오다가 다리에 힘이 풀리면서 바닥에 털썩 주저앉았다. 정신이 아득히 멀어지고 있었다. 여기서 한 걸음만 더 다가오면 정신을 잃을 것 같았다.

백인우는 시선을 돌려 남자애들을 보고 말했다.

"신고해봐. 벽돌이 아니라 칼로 쑤셔줄 테니까."

모두 눈치를 보며 아무 말도 하지 못했다.

백인우가 밖으로 나갔다. 강민혁을 빨리 병원에 데려가야 했지만 정신이 돌아오지 않았다. 주변에서 들려오는 급박한 소리가 동굴 저편에서 들려오는 것처럼 울려 똑바로 들리지 않았다. 시야도 안개가 낀 것처럼 뿌옇게 변했다. 나는 고개를 이리저리 움직였다. 뭐라도 제대로 보고 싶었지만 주변이 흐릿했다. 눈을 감고 심호흡을 하는데 누군가 내 어깨를 잡았다. 화들짝 놀라 누가 날 잡았는지 확인도 못 하고 손으로 밀어버렸다. 눈을 뜨니 김선우가 놀란 얼굴로 날 보고 있었다.

"괜찮은 거야? 좀 일어나봐."

나는 김선우의 부축을 받아 간신히 일어났다. 강민혁은 새우처럼 누워 머리를 부여잡고 있었다. 학교 애들이 일으켜 세웠지만 금방이라도 축 늘어질 것 같았다.

다 같이 폐가를 빠져나와 언덕을 내려갔다. 멍한 상태로 골목을 나가는데 김초희가 집 앞에 서 있는 게 보였다. 그 애는 나를 잠시 쳐다보다가 집으로 들어갔다. 백인우와도 마주쳤을까.

도로로 나오자 학교 애들은 급한 일이 있다며 하나 둘 눈치를 보다가 가버렸다. 결국 김선우와 나만 남았다. 우리는 양쪽에서 강민혁을 붙잡고 택시를 잡아보려고 했다. 택시는 잠깐 멈췄다가 우리 상태를 보고는 손사래를 치며 가버렸다.

가까스로 택시를 잡고 병원에 갔다. 가면서 김선우가 강민혁의 어머니에게 전화를 했다.

병원에 도착하자 강민혁은 정신이 좀 들었는지 의자에 앉아 고개를 숙이고 가만히 있었다. 강민혁의 어머니가 금방 병원으로 왔다. 아주머니는 피 묻은 교복을 보고 경악을 했다.

"누가 이런 거야?"

"계단에서 굴렀어."

"그게 말이 돼? 너 또 싸웠지?"

상황을 지켜보다가 김선우와 나는 인사를 하고 화장실로 갔다. 피 묻은 손을 씻고 거울을 보는데 교복 여기저기에 피가 묻어 꼴이 말이 아니었다. 지금 내 모습이 제대로 받아들여지지 않았다.

밖으로 나와 병원 화단에 있는 벤치에 앉았다. 상황이 끝나서인지 긴장이 풀리면서 온몸에 힘이 빠졌다. 김선우는 자판기로 가서 음료수 두 캔을 뽑아와 내게 하나를 건넸다.

나는 차가운 캔을 손에 쥐고 가만히 있다가 김선우에게 말을 걸었다.

"선우야."

"왜?"

"나 아까 민혁이 제대로 안 말렸다? 말리는 척만 하고 속으로는 어떻게든 해주길 바랐나봐."

"이해해."

"괜히 나 때문에 다친 것 같아."

"뭘 너 때문에 다쳐. 그냥 민혁이가 자기 분에 나서다가 그렇게 된 거야."

김선우와 헤어지고 버스를 탔다. 나는 뒷자리에 앉아 창밖을 봤다. 강민혁이 쓰러지던 모습이 너무 기괴했다. 사람이 아니라 나무가 쓰러지는 것만 같았다. 하지만 교복에 묻은 피가 계속 일깨워주고 있었다. 이건 현실에서 벌어진 일이라고, 쓰러진 건 나무가 아니라 사람이라고.

세탁소에 교복을 맡기고 집으로 돌아오니 기운이 다 빠졌다. 침대에 누워 하얀 천장을 바라봤다. 아까 일이 계속 머릿속에서 되풀이됐다. 눈을 감아도 그 소리가 들려 온몸에 소름이 돋았다.

어떻게 사람 머리를 돌로 칠 수 있을까. 대체 칼 같은 건 왜 가방에 넣고 다닐까. 그 칼로 사람을 찔러본 적이라도 있을까.

옆에 뒀던 핸드폰을 들었다. 강민혁에게 전화라도 걸어보고 싶었다. 통화 버튼을 누르려는데 멈칫하게 됐다. 아무리 생각해도 나 때문에 다친 것 같았다. 싸움을 말리긴 했지만 진심이었다고는 장담할 수가 없었다.

눈을 꼭 감고 잠이라도 자려는데 골목에서 마주쳤던 김초희가 떠올랐다.

그 애는 알고 있긴 할까. 살인자의 아들이 같은 반으로 전학 왔다는 것을.

20
김초희

교실 문 앞에서 백인우와 마주쳤다. 피로 범벅돼 날 쳐다보던 모습이 떠올랐다. 백인우는 그때처럼 나를 빤히 쳐다보다가 교실에 들어갔다. 내가 생존자라는 걸 알고 있는 걸까.

조회 시간에 담임은 강민혁이 다쳐서 오늘 학교에 못 나온다고 전했다.

나는 학교에 있는 동안 백인우와 임채웅을 주시했다. 어제 강민혁의 상태를 봐서는 무슨 일이 일어나도 이상하지 않을 것 같았다.

다행히 수업이 끝날 때까지 별 일은 일어나지 않았다.

종례가 끝나고 집으로 걸어가는데 임채웅의 목소리가 들렸다.

"야, 김초희."

"왜?"

"전학생 봤지?"

"봤어."

"아무렇지도 않아?"

"그럼? 이상해야 돼?"

임채웅은 아무 말도 하지 못하고 땅바닥을 쳐다봤다.

"왜, 살인자 아들이라니까 죽이고 싶어졌어?"

"그런 말이 아니잖아."

"그럼 뭔데?"

"괜찮냐고."

"아무렇지도 않아. 걔가 살인자 아들이든 누구든 관심 없어."

"그 애 아빠가 우리를 죽이려고 했어. 가족도 죽였고. 근데 어떻게 아무렇지도 않아?"

대답을 하려는데 발걸음 소리가 들렸다. 앞을 보니 백인우가 다가오고 있었다.

임채웅이 긴장한 얼굴로 내 앞에 섰다. 백인우는 다가와

서 우리를 바라보다가 말했다.

"너희가 생존자야?"

임채웅이 당황하며 아무 말도 하지 못했다.

"왜 그렇게 놀라? 어제 네 친구가 말했잖아. 아빠가 너한테 뭐 잘못했다며. 검색해보니까 성도 그렇고, 나이도 그렇고 딱 너더라. 두 명이던데, 저 뒤에서 애기 들어보니까 너희 둘인가봐?"

임채웅이 굳은 목소리로 말했다.

"따라온 거야?"

백인우가 어이없다는 듯 한번 웃고는 말했다.

"전학을 하도 많이 다니니까 이렇게도 만나게 되네. 주변에서 하도 떠들어서 보고 싶긴 했는데."

"따라온 거냐고."

"응, 그 새끼가 너희들 가족 죽이고 온 세상 사람들이 나한테 난리를 치더라고. 기자들도 따라다니면서 귀찮게 하고. 나한테 피해자들한테 안 미안하냐고 끈질기게 묻더라. 모두가 내가 미안해하길 바라나봐. 근데 난 너희한테 하나도 안 미안해."

내가 무덤덤하게 말했다.

"그래서 뭐."

"이 말 해주고 싶었어. 전혀 미안하지 않다고."

"네가 안 죽였잖아. 너한테 잘못했다고 한 적 없어. 사과하지 마. 그냥 셋 다 재수가 없어서 그 새끼를 만난 거니까."

백인우가 나를 빤히 보다가 말했다.

"다들 내가 죽인 줄 알던데."

"할 말 다 했지?"

집으로 들어가려는데 임채웅이 따라왔다. 나는 걸음을 멈추고 말했다.

"왜?"

"정말 그렇게 생각해?"

"뭘?"

"백인우한테 한 말."

"백인우가 우리한테 잘못한 거 없잖아. 걔 아빠가 잘못한 거지. 그러니까 너도 걔 그만 신경 써."

"그게 돼?"

"그럼 어쩔 건데. 죽일 거야?"

"왜 계속 그렇게 극단적으로 말해?"

"백인우가 자기 아빠를 선택한 게 아니잖아. 그냥 태어났는데 그 사람이 아빠였던 거잖아. 그게 뭐가 잘못이야. 그냥 걔도 재수가 없었던 거야, 우리처럼."

사교시 미술 시간이었다. 교과서를 들고 미술실로 갔다. 미술실은 여섯 명씩 조별로 앉게 돼 있었다. 반 애들은 친한 애들끼리 이미 모여 앉아 있었다.

나는 아무도 없는 자리에 앉았다. 금방 백인우가 내 앞으로 왔다. 나는 딱히 관심이 없어 엎드려 있다가 종이 울렸을 때 잠깐 고개를 들었다. 같은 조에 임채웅이 친구와 앉아 있었다.

딱히 중요한 수업도 아니고 선생도 까다롭지 않아 수업을 하는 내내 반 애들은 계속 떠들었다. 같은 조 애들도 마찬가지라 시끄러워서 잠이 오지 않았다.

사교시가 끝나고 급식실로 내려갔다. 밥을 받고 자리에 앉는데 백인우가 내 앞에 식판을 내려놓았다. 나는 신경 쓰지 않고 밥을 먹었다.

백인우는 숟가락을 들지 않고 나를 잠깐 쳐다보다가 말했다.

"너 왕따야?"

"왜?"

"미술실에서도 혼자 있고, 밥도 혼자 먹잖아. 임채웅이랑은 무슨 사이야? 밖에서는 친해보였는데 여기서는 눈도 안 마주치네. 뭐, 비밀로 사귀기라도 해?"

"아무 사이 아닌데."

"가까워 보이던데. 나라서 그렇게 말하는 건가?"

"네가 뭔데?"

"살인자 아들."

나는 대수롭지 않게 말했다.

"그게 뭐."

백인우는 아무 말도 하지 않다가 식판으로 시선을 돌리고 말했다.

"근데 너 그거 다 먹을 수 있어? 엄청 많아 보이는데."

"왜? 남기면 네가 먹게?"

"음식 남기면 지옥 간다잖아."

"여기가 지옥이야."

"그렇네, 여기가 지옥이네."

납골당 비용을 해결해야만 했다. 아르바이트가 끝나고 집에 들러 급하게 옷을 갈아입고 밖으로 나왔다.

밤길을 돌아다니면서 술에 취한 사람을 찾아다녔다. 공원이나 편의점 근처를 돌아다녀보고, 벤치가 있을 만한 곳을 일일이 살펴봤지만 사람이 보이지 않았다.

한참을 돌아다니다가 구역을 조금 더 넓혀봤다. 모르는 동네는 가지 않았는데 지금은 어쩔 수 없었다.

발이 닿는 대로 걷다가 공원 벤치에 뻗어 있는 사람을 발견했다. 나는 옆에 있는 벤치에 앉아 잠시 지켜보다가 주머니를 뒤졌다. 쉽게 지갑이 꺼내졌다.

현금만 빼고 공원을 나와 다시 주변을 돌아다녀봤지만 사람을 찾기가 쉽지 않았다. 살던 동네로 돌아가 언덕을 올라갔다.

한 바퀴만 돌아보고 없으면 집으로 돌아가야지.

폐가도 확인해봤다. 핸드폰 불빛으로 안을 둘러봤다. 긴장한 채 천천히 걸었다. 시멘트 부스러기와 잡다한 쓰레기 말고는 보이는 게 없었고 걸을 때마다 부스럭거리는 소리가 크게 울렸다. 안을 다 확인하고 옥상으로 올라갔다.

옥상에 있는 플라스틱 의자에 누가 고개를 푹 숙이고 앉아 있었다. 주변에 맥주캔이 버려져 있는 걸 보니 술을 마신 듯했다. 모자를 눌러쓰고 있어 얼굴은 잘 보이지 않았다. 천천히 다가가 옆에 있는 의자에 앉았는데 움직임이 전혀 없었다. 술에 완전히 취한 것 같았다.

별 걱정 없이 가까이 다가가 바지 주머니에 손등을 대보았다. 그 순간 갑자기 그 사람이 고개를 벌떡 들었다. 눈이 마주쳤는데 아는 얼굴이었다. 잠깐 머릿속이 하얘지면서 아무 생각도 할 수 없었다. 백인우였다.

21

임채웅

김초희의 말을 듣고 생각이 많아졌다. 생각해보면 백인우는 내게 잘못한 것이 없다.

백인우에게 어떤 감정을 가져야 하는지 혼란스러웠다.

다른 사람들과 똑같이 대하면 될까.

백인우를 보면서 살인자를, 내 동생을 떠올리지 않을 자신이 없었다.

김초희는 정말 아무렇지 않은 걸까.

강민혁이 학교에 나왔다. 광대 옆에 누런 멍이 있었고 옆머리에는 흰 천이 붙어 있었다. 점심을 먹고 김선우와 나는 강민혁을 데리고 스탠드로 갔다. 미안해서 눈도 마주치기 힘들었다.

김선우가 상처를 보고 말했다.

"이제 좀 괜찮아졌냐?"

"괜찮아."

"어머니가 뭐라시는데?"

"계단에서 굴렀다니까 그냥 잔소리만 좀 하지. 조심 좀
하라고."

"이제 개 건드리지 마. 위험하잖아. 가방에 칼 넣고 다니
는 것도 그렇고."

"싸이코 새끼. 유전인가봐. 애비가 그 모양이니 애새끼
도 그렇게 크겠지. 진짜 어떻게든 조질 거야."

"건드리지 말라니까? 위험하다고."

"그럼 나만 당하고 끝내냐?"

"칼에 제대로 찔려야 정신 차리겠냐?"

"아, 몰라. 근데 그 새끼 김초희랑 사귀냐? 급식실에서
보니까 같이 앉아 있던데."

"몰라."

"끼리끼리 사귀네. 걔네 둘이 사귀다가 싸우면 서로 칼
로 찌르는 거 아니냐?"

강민혁은 두 사람을 더 욕하다가 담배를 피우러 갔다.

어떻게든 좋게 생각해보려고 했지만 김초희가 걱정되긴 했다. 백인우가 강민혁의 머리를 벽돌로 내려치고 칼을 꺼내던 기억이 아직도 생생했다.

칠교시가 끝나갈 때쯤 담임이 칠판을 지우고 말했다.

"숙제 내줄게. 수행평가 점수에 반영 되는 거니까 똑바로 해야 돼. 시간은 넉넉히 줄 거야. 두 사람이 한 조로 묶여서 책 읽고 토론하고 독후감이랑 토론한 내용 정리해서 내면 돼. 책은 원하는 걸로 해."

주변에서 탄식하는 소리가 들려왔다.

"공평하게 짝은 랜덤으로 정할 거야."

담임은 버튼만 누르면 알아서 짝을 정해주는 프로그램을 틀었다. 번호를 입력하고 스타트 버튼을 누르자 순식간에 번호가 펼쳐졌다.

반 애들은 자기 번호를 확인하려고 자리에서 일어났다. 나는 반 애들이 거의 다 확인하고 자리에 앉았을 때 몸을 앞으로 기울여 화면을 살폈다.

이리저리 눈을 움직이다가 내 번호를 찾았다. 내 옆 번호를 확인했는데 마지막 번호였다. 마지막 번호는 백인우였다.

고개를 돌려 백인우를 봤다. 관심이 없는지 엎드려 있었다. 나는 머리를 한 번 쥐었다가 놨다.

담임은 반 애들을 쭉 둘러보고 말했다.

"번호 다 확인했지? 이번 달 말까지 반장한테 내면 돼."

수업이 끝나고 같은 조가 된 애들은 모여서 얘기를 시작했다. 백인우는 계속 엎드려만 있었다.

종례가 끝나고 김선우가 가방을 챙기면서 말했다.

"가자."

나는 잠깐 망설이다가 대답했다.

"먼저 가. 나 수행평가 때문에 얘기 좀 해야 돼서."

"누구랑 됐어?"

"백인우."

"백인우?"

"응."

"어떻게 또 그렇게 되냐……."

"그러게."

"이상하다 싶으면 바로 경찰서에 전화해."

나는 고개를 끄덕였다.

김선우가 걱정스러운 얼굴로 날 보다가 갔다.

나는 밖으로 나가는 백인우를 따라가 복도에서 불렀다.

"야, 백인우."

"왜?"

"너 나랑 수행평가 짝이야."

"그래서 표정이 그렇게 안 좋은 거야?"

"같이 해야 돼. 시간 언제 돼?"

백인우는 잠시 생각하다가 고개를 끄덕이고 말했다.

"오늘 하자."

"오늘?"

"왜, 못 해?"

"아니야, 오늘 해."

2층에 있는 도서관으로 갔다. 도서관 안에는 아무도 없었다. 사서 선생님도 없었다. 백인우는 고개를 이리저리 움직이며 도서관 안을 둘러보다가 말했다.

"학교 도서관을 다 와보네."

나는 의자에 앉아 가방에서 노트를 꺼내 책상 위에 올려놨다.

"하고 싶은 책 있어?"

백인우는 내 앞에 앉으면서 말했다.

"아무거나 해."

"수행평가 할 생각은 있어?"

"하든 안 하든 딱히 상관없어."

"그럼 해. 난 해야 되니까."

백인우는 마음대로 하라는 얼굴로 고개를 끄덕였다.

"책 읽을 생각 없는 것 같으니까 네가 읽어본 책으로 하자. 읽어본 책 중에 가장 괜찮았던 책이 뭐야?"

"읽어본 책?"

"아무거나 상관없으니까 말해봐."

"『어린왕자』."

"그래, 그 책으로 하자."

"나도 뭐 하나 물어보자."

"뭔데."

"너 김초희랑 무슨 사이야?"

"갑자기 그건 왜?"

"그냥 궁금해서. 너 말고 다른 사람이랑 얘기하는 걸 본 적이 없어서. 넌 그때 같이 있었잖아. 친해?"

나도 오랫동안 생각해본 질문이었다.

난 김초희와 무슨 사이일까.

"내가 개랑 무슨 사이이든 네가 뭔 상관이야."

"왜, 내가 무슨 짓이라도 할까봐 무서워?"

"무서운 게 아니라 걱정되는 거야."

"내가 살인자 아들이라서?"

"아니, 그건 김초희 말처럼 네 잘못이 아니니까."

"그럼 뭐가 걱정되는데?"

"네가 한 짓 기억 안 나? 내 친구 다치게 했잖아."

"네 친구가 먼저 시작했던 것 같은데."

"그렇다고 사람 머리를 벽돌로 쳐?"

"차라리 벽돌로 치는 게 나아. 칼로 찌르는 것보단 덜 아프니까."

"지금 더 아프고 덜 아픈 걸 얘기하는 게 아니잖아. 사람을 다치게 했잖아."

"그러니까 네 친구가 먼저 했다고."

"그럼 칼은 왜 들고 다니는데?"

"호신용이지."

"누가 호신용으로 가방에 칼을 넣고 다녀?"

"너야 그럴 필요 없겠지. 근데 살인자 아들은 사방이 적이야. 그냥 길가다가 벽돌로 얼굴을 찍혀도 이상할 게 없거든."

"뭐?"

"난 존재 자체가 상처야. 내가 살아 있다는 것만으로도 사람들은 상처를 받는다고. 넌 인간이 어느 정도로 잔인해질 수 있는지 모르지? 네 친구도 비슷해. 만약에 내가 벽돌을 들지 않았다면, 가방에서 칼을 꺼내지 않았다면 어떻게 됐을 것 같아? 거기서 피 흘리고 쓰러져 있는 사람이 누가 됐을 것 같아?"

"민혁이가 나 때문에 그런 거야. 그건 잘못됐다고 생각해. 근데 그렇게까지 해야만 했어? 다른 방법도 있었을 거 아니야."

"솔직히 말해봐. 너도 내가 피투성이가 된 채로 쓰러져 있는 모습이 보고 싶었잖아. 아니야?"

나는 대답하지 못했다.

"내 아빠가 네 가족을 죽였다고 나한테 생색내지 마. 그때 말했지만 난 너한테 하나도 안 미안해. 난 전부를 잃었으니까."

백인우는 자리에서 일어나 그대로 도서관을 나가버렸다. 머리가 깨질 것처럼 아파왔다. 뭘 어떻게 해야 하는 건지 갈피가 잡히지 않았다.

22

김초희

백인우였다. 도망쳐야 했지만 몸이 제대로 움직이지 않았다. 가까스로 정신을 부여잡고 계단으로 뛰는데 백인우가 내 다리를 걸어찼다. 균형이 무너져 나는 바닥에 처박혔다가 데굴데굴 굴렀다. 시야가 뒤죽박죽으로 꼬이고 무릎이 으깨지는 것 같았다.

일어나서 다시 도망치려는데 이미 백인우가 다가와 내 팔을 덥석 잡았다.

"누구야, 너."

팔을 빼보려고 했지만 힘을 꽉 주고 있어 빠져나갈 수가 없었다. 나는 발버둥을 치다가 주머니에 있는 칼을 꺼내 백인우의 손등을 그었다.

백인우가 놀라서 내 팔을 놓고 한 걸음 뒤로 물러났다. 나는 그 순간을 놓치지 않고 한 발을 어기적거리며 계단을 내려갔다. 칼에 베여서인지 백인우는 쫓아오지 않았다.

나는 집에 들어가지 않고 골목을 빠져나왔다. 백인우가 보고 있을 수도 있었다. 근처에 있는 빌라 주차장으로 들어가 몸을 숨겼다. 깊숙이 들어가자 앞도 안 보일 만큼 깜깜했다.

숨을 길게 내뱉고 바닥에 주저앉았다. 한숨 돌리니 몸에서 통증이 오기 시작했다. 이런 몸 상태로는 더 이상 일을 할 수가 없었다. 오늘은 포기해야 했다.

시간이 한참 지나고 주차장에서 나왔다. 골목으로 들어가는데 긴장이 됐다. 여기서 백인우와 마주치면 꼼짝없이 붙잡힐 것이었다.

귀에 온 신경을 집중하고 신중하게 걷다가 순식간에 틈 사이로 들어가 창문을 넘었다.

불을 키고 작은 거울로 얼굴부터 천천히 훑어봤다. 턱과 배, 팔이 쓸려서 상처가 나 있었고 다리는 피로 범벅이 돼 있었다.

화장실에 들어가 피를 닦아냈다. 다른 상처는 버틸만 했는데 다리에 물을 뿌리니 나도 모르게 아픈 소리가 새어나 갔다.

샤워를 끝내고 방으로 돌아와 천천히 걸어봤다. 걸을 때마다 통증이 있긴 했지만 못 걸을 정도는 아니었다.

평소보다 일찍 학교에 갔다. 복도는 텅 비어 있었고 교실엔 아무도 없었다. 얼굴은 대충 머리카락으로 가리거나 엎드려 있으면 됐지만 다리는 그럴 수가 없어 재빨리 체육복으로 갈아입었다.

나는 쉬는 시간에도 일어나지 않았다. 화장실도 가지 않았고 물도 마시지 않았다. 오늘은 아예 일어나지 않을 생각이었다.

사교시가 끝나고 점심시간이 됐다. 반 애들이 밥을 먹으러 갔지만 나는 엎드려 있었다. 점심도 굶을 생각이었다. 금방 교실은 쥐죽은 듯 조용해졌다.

배에서 꼬르륵 소리가 들렸지만 무시하고 엎드려 있었다. 평소와는 다르게 배가 고파서인지 잠이 오지 않았다.

몸을 이리저리 움직이면서 어떻게든 잠을 자보려고 했는데 뒤에서 발소리가 들려왔다. 그 소리는 점점 가까워졌다. 누굴까.

금방 앞에서 의자 빼는 소리가 들리더니 누군가가 내 어깨를 툭툭 쳤다. 고개를 들어보니 백인우였다.

나는 재빨리 머리카락으로 턱을 가리고 말했다.

"왜."

"밥 안 먹어?"

"안 먹어."

"오늘은 움직이면 안 되는 일이라도 있어? 하루 종일 앉아만 있던데."

"뭔 상관이야."

"얼굴 다쳤네. 넘어지기라도 했나봐?"

가린다고 가렸는데 이미 다 본 듯했다. 나는 최대한 아무렇지 않게 말했다.

"그것까지 너한테 설명해야 돼?"

"아니, 그런 건 아니고. 그냥 궁금해서."

"뭐, 더 할 말 있어?"

갑자기 교실 문이 열렸다. 임채웅이 친구와 들어왔다. 그 애는 잠깐 걸음을 멈추고 이쪽을 보다가 어색하게 고개를 돌리더니 자리로 갔다.

백인우는 일어나서 말했다.

"아니, 없어. 밥 먹으러 가야겠다."

학교 수업이 끝났다. 배가 고파서 속이 뒤틀리는 느낌이었다. 오늘 먹은 게 아무것도 없었다. 나는 백인우가 나가고 나서야, 자리에서 일어났다.

정문을 나와 집으로 걸어가는데 앞에서 혼자 가고 있는 임채웅이 보였다.

나는 빠른 걸음으로 다가가 거의 목을 조르듯 그 애에게 어깨동무를 했다.

"야, 밥 사줘. 배고파."

원래 같으면 경기를 일으키면서 나를 밀어내고 구시렁거려야 했는데 복잡한 얼굴로 나를 보다가 말없이 고개만 끄덕였다.

우리는 근처에 있는 중국집에 들어갔다. 음식을 주문하고 기다리는데 임채웅이 물을 한 모금 마시고 말했다.

"체육복은 왜 입고 있어?"

"그냥."

"얼굴이랑 다리는 왜 다쳤는데?"

"넘어졌어. 별거 아니야."

"백인우랑은 친해진 거야?"

"갑자기 왜 이래?"

"그냥, 요즘 계속 같이 있는 거 같아서."

"뭔 상관이야."

"걱정돼서 그래."

"뭘 걱정."

"그냥 좀 위험해서."

"뭐가 위험한대?"

"개 위험하다고."

"그래서 뭐."

"걱정돼서 말하는 거잖아."

걱정된다는 말 때문에 나도 모르게 얼굴이 굳어지면서 말이 세게 나갔다.

"언제부터 우리가 걱정해주는 사이가 됐어?"

"그렇게 말하지 말고."

"쓸데없는 소리 그만하고 밥이나 먹어."

임채웅은 말을 말자는 얼굴로 한숨을 내쉬고는 더 이상 아무 말도 하지 않았다.

나도 모르게 튀어나온 말이었다.

왜 이렇게 예민해졌을까.

밥을 먹고 있는데 종소리가 들리면서 문이 열렸다. 고개를 돌려보니 백인우가 들어오고 있었다.

23

임채웅

나는 밥을 먹으면서 아무 말도 하지 않았고, 그 애를 쳐다보지도 않았다. 무슨 말을 해야 할지, 어떤 표정을 지어야 할지 알지 못했다.

어떻게든 아무렇지 않게 이 상황을 넘어가고 싶었지만 그럴수록 내 표정이 이상해져가는 것만 같았다.

어색하게 밥을 먹고 있는데 중국집 문이 열리면서 백인우가 들어왔다.

백인우는 옆으로 다가와 신기하다는 얼굴로 우리를 번갈아가면서 보다가 말했다.

"아무 사이 아니라더니, 아닌가보네."

백인우는 짜장면을 주문하고 김초희 옆에 앉았다. 김초희가 굳은 얼굴로 말했다.

"따라온 거야?"

"내가 왜? 뭐 찔리는 거라도 있어?"

김초희는 잠깐 백인우를 쳐다보다가 아무 말도 하지 않고 음식을 먹었다.

나는 젓가락을 내려놓고 한숨을 쉬었다.

백인우는 내 그릇을 보고 말했다.

"더 안 먹어? 나 때문에 불편해졌어?"

"아니, 배불러."

백인우가 주문한 짜장면이 나왔을 때 김초희는 그릇을 비우고 자리에서 일어났다.

"간다."

나는 어떻게 해야 할지 몰라 가만히 있었다. 김초희를 따라 나가는 것도, 여기서 백인우와 둘이 남는 것도 불편하게만 느껴졌다.

김초희가 쌩하니 중국집을 나가버렸다. 백인우는 신경쓰지 않고 짜장면을 비비다가 말했다.

"싸웠나봐? 둘 다 표정이 안 좋네."

나는 아무 말도 하지 않았다.

"근데 넌 김초희 왜 다쳤는지 알아?"

"몰라."

"이것도 거짓말이야?"

"모른다고."

"그런 얘기는 안 하나보네."

"더 할 말 있어?"

"왜 김초희 안 따라갔어?"

나는 대답하지 않았다.

"진짜 싸웠나보네."

"가볼게."

"야, 근데 넌 내가 죽이고 싶을 정도로 싫지?"

"그게 왜 궁금한데?"

"김초희가 이해가 안 돼서. 내 아빠 때문에 가족이 죽었는데도 나한테 별다른 감정이 없잖아. 근데 넌 아니잖아."

아니라고 대답해야 했지만 그 단어가 목 끝에 걸려 나오지 않았다.

백인우는 고개를 끄덕이다가 말했다.

"이해해. 생각해봤거든. 내가 만약에 김초희나 너 둘 중 한 사람이었다면 난 나를 어떻게 대했을지……."

"어떻게 대할 건데?"

"모르지. 하루 종일 생각해봤는데도 모르겠어. 너랑 난 절대 좁혀질 수 없는 곳에 서 있으니까. 근데 네가 날 그렇게 생각하는 건 이해가 돼."

"김초희는 네가 그런 게 아니니까 널 신경 쓰지 말래. 근데 난 그게 안 돼. 널 볼 때마다 내 동생이랑 네 아빠가 떠올라."

"어쩔 수 없지. 난 그 사람 아들이니까."

식당에서 나와 백인우는 별다른 말없이 가버렸다. 나는 멍한 상태로 허공을 봤다.

솔직히 백인우를 볼 때마다 떠오르는 건, 내 동생과 살인자가 아니었다. 벌벌 떨면서 어떻게든 살고 싶어 했던 내 모습이었다.

아마도 백인우의 말이 맞을 것이다. 우린 어떤 타협점도 찾을 수 없는 거리에 서 있었다. 백인우는 살인자의 아들이었고, 난 가족을 잃은 생존자였으니까.

그럼 난 대체 어떻게 해야 할까. 김초희는 정말 아무렇지 않은 걸까.

다음 날, 학교에 나갔다. 교과서를 꺼내려고 사물함으로 가다가 김초희와 마주쳤다. 나는 곧바로 고개를 돌렸다. 이럴 땐 어떤 표정을 지어야 하는지 알지 못했다.

점심시간에 김선우와 같이 급식실로 내려갔다. 밥을 받고 빈자리를 찾고 있는데 구석진 자리에서 백인우가 혼자 밥을 먹고 있는 게 보였다. 어제 했던 말이 떠올라 나는 잠깐 백인우를 보다가 다른 곳에 앉았다.

"선우야."

"왜?"

"넌 백인우 어떻게 생각해?"

"음……. 솔직히 잘 모르겠어. 걔 잘못이 아니긴 한데, 그때 한 행동은 이해가 안 되니까."

폐가에서 있었던 일을 말하는 것 같았다. 나는 말없이 고개를 끄덕였다.

"왜, 넌 어떤데?"

"나도 잘 모르겠어."

한숨을 쉬고 식판을 보는데 뒤늦게 강민혁이 밥을 받고 우리 쪽으로 왔다.

나는 의아한 얼굴로 말했다.

"왜 이렇게 늦게 먹어?"

"아, 뭐 좀 하느라. 근데 너희 내일 시간 돼? 내일 학교 애들이랑 축구하기로 했는데 너희도 같이 하자. 너희만 오면 딱 되는데."

"내일?"

"응, 개교기념일이라 쉬잖아."

나는 잠깐 고민하다가 고개를 끄덕였다.

"선우, 넌 할 거야?"

김선우도 고민하다가 말했다.

"그래, 하자."

밥을 다 먹고 급식실을 나왔다. 계단을 올라 복도를 걷는데 교실 앞에 다른 반 애들이 몰려와 창문으로 안을 들여다보고 있었다. 무슨 일이 있는 것 같았다.

김선우가 고개를 들어 그쪽을 보다가 말했다.

"뭔 일이 있나?"

문을 열고 교실에 들어가자, 백인우가 완전히 이성을 잃은 얼굴로 홍다은의 머리를 쥐고 있었다.

24
김초희

학교에 나갔다. 임채웅은 중국집에서 있었던 일 때문인지 마주쳐도 나를 쳐다보지 않았다. 나는 자리에 앉자마자 엎드렸다. 잠을 자고 싶었는데 정신이 너무 또렷했다.

점심을 먹고 교실로 들어가는데 백인우의 책상 위에 칼이 놓여 있는 게 보였다.

뭘까.

자리로 가면서 백인우의 책상을 봤는데 큰 낙서도 돼 있었다.

"살인자 아들, 죽어라."

학교 애들은 칼을 보고 수군거렸다. 금방 백인우가 들어왔다. 백인우는 자기 자리에 놓여 있는 칼을 보고 잠깐 멈칫하더니 급하게 책상으로 걸어갔다.

칼을 치우려는 것 같았는데 책상 위에 낙서를 보더니 자리에 앉아 교과서를 꺼냈다. 교과서에도 낙서가 돼 있는 듯했다.

백인우는 교과서를 다 훑어보고 별 표정 없이 칼을 가방에 넣으려다가 뒤에서 임채웅의 짝이 반 여자애한테 하는 말을 듣고 동작을 멈췄다.

"진짜 소름이다. 칼은 왜 들고 다녀? 부전자전이라는 말이 괜히 있는 게 아니라니까. 같은 학교 다니는 것도 무섭다. 무슨 짓 할지 어떻게 알아?"

임채웅의 짝은 백인우가 쳐다보는 것도 모르고 계속 말했다.

"김초희는 또 저런 애랑 좋다고 사귀잖아. 진짜 끼리끼리 잘 만나."

백인우가 거칠게 자리에서 일어나 그 여자애의 머리를 움켜잡고 말했다.

"다시 말해봐. 뭐라고?"

그 여자애가 놀라서 소리를 질렀다.

"뭐 하는 거야? 놔, 범죄자 새끼야!"

"다시 말해보라고. 부전자전이 뭐?"

뒷문이 열리면서 임채웅이 들어왔다. 그 애는 놀란 얼굴로 상황을 지켜봤다.

백인우는 완전히 눈이 뒤집힌 상태로 말했다.

"네가 원하던 게 이런 거 아니야? 죽여줘?"

그 여자애가 울음을 터뜨리면서 소리를 질렀다.

"놔, 놓으라고!"

"왜 울어? 네가 하는 짓거리에 비하면 아무것도 아닌데."

그 여자애가 도와달라고 소리쳤지만 주변에 있는 애들은 쉽게 다가가지 못하고 눈치만 봤다. 반 애들이 머뭇거리는 사이에 반장이 담임을 데려왔다.

"너희 뭐 하는 거야, 그만 안 해?"

백인우는 신경 쓰지 않고 계속 여자애의 머리를 쥐고 있었다.

"안 놔? 너 교무실로 내려가."

백인우는 끝까지 여자애를 노려보다가 아무 말도 하지 않고 교실을 나갔다. 담임이 반장에게 물었다.

"반장, 이거 어떻게 된 거야?"

"저거 때문에 그런 거 같아요."

담임은 백인우의 자리로 가더니 책상 위에 있는 칼을 보고 경악을 했다.

"이게 뭐야? 이거 백인우 거야?"

"그런 거 같아요."

"낙서는 누가했는데? 다은이가 한 거야?"

"아니에요. 누가 했는지 모르겠어요."

"근데 왜 다은이한테 그런 거야?"

"모르겠어요. 갑자기 일어난 일이라……."

담임은 골치 아픈 애를 받았다는 얼굴로 칼을 쳐다보다가 그것을 들고 교실을 나갔다.

학교 수업이 끝나고 아르바이트에 갔다. 음식을 나르고 계산을 하고 테이블을 치웠다. 평소와 똑같았지만 뭔가 속이 텅 빈 것 같은 느낌이었다.

아르바이트가 끝나고 집으로 걸어가는데 굳은 얼굴로 나를 보던 임채웅의 얼굴이 떠올랐다.

그 애 때문인가.

나는 캔맥주를 사들고 폐가로 갔다. 언덕을 올라가는데 옥상에 누군가가 있는 게 보였다. 걸음을 멈추고 위를 올려다봤다. 달빛에 비춰 얼굴이 보였다. 백인우였다.

나는 옥상으로 올라가 백인우를 신경 쓰지 않고 검은 봉지에서 캔맥주를 하나 꺼냈다.

백인우는 밤하늘을 바라보다가 말했다.

"잘 됐다고 생각하지?"

"아니, 별 생각 없어."

"이 학교가 몇 번째 전학인지도 기억이 안 나. 근데 어디를 가든 잘못은 나한테 있더라."

"그래서 억울해?"

"아니, 익숙한 일이라."

"여기엔 왜 있는데."

"그냥, 여기가 나랑 좀 닮은 거 같아서."

"뭐가 닮았는데."

"아무것도 없고 난장판인 게."

나는 말없이 고개를 끄덕였다.

"그리고 여기 해 지는 것도 잘 보이더라."

"그게 왜."

"『어린왕자』 알아?"

"몰라."

"책인데, 거기서 그래. 쓸쓸해지면 해가 지는 것을 좋아하게 될 거라고."

"그래서 좀 괜찮아졌어?"

"어린왕자가 사는 별은 크기가 너무 작아서 언제든 보

고 싶을 때면 해가 지는 걸 볼 수 있대. 그래서 걘 어떤 날
엔 해가 지는 것을 마흔세 번이나 봤대. 그 정도로 보면 좀
괜찮아지나봐. 근데 여긴 너무 넓고 하루가 너무 길어."

나는 검은 봉지에서 캔맥주를 하나 꺼내 백인우에게 내
밀었다.

"마셔, 그럼 좀 짧아지니까."

백인우는 캔맥주를 손에 쥐고 멍하니 있다가 말했다.

"너한테 언니는 어떤 사람이었어?"

"가진 건 아무것도 없는데, 뭐든 주려고 했던 사람."

"근데도 내가 죽이고 싶지 않아?"

"네가 한 거 아니잖아."

"사람들은 그렇게 생각 안 하던데. 다들 다를 바 없다고
생각해. 내 앞에서 주저앉아 울던 피해자 가족들이 잊히지
가 않아. 아마도 아빠랑 내가 하루라도 빨리 죽길 기다리
고 있겠지."

"다 그런 건 아니야. 난 그런 생각해본 적 없으니까."

백인우는 더 이상 아무 말도 하지 않고 맥주를 마셨다.

25

임채웅

개교기념일이라 학교에 가지 않았다. 나는 침대에 누워 어제 홍다은에게 화를 내던 백인우를 생각했다.

누가 백인우의 가방에서 칼을 꺼내놨는지, 책상에 낙서를 했는지는 밝혀지지 않았다. 아무도 그것에 관심이 없었다. 살인자의 아들이니 칼 하나쯤은 들고 다니는 게 이상하지도 않고 그런 일을 당해도 싸다는 듯한 반응이었다.

그날 백인우는 교실에 오지 못했다. 담임은 다음 주에 징계위원회가 열릴 것이라는 말만 했다.

백인우가 내게 했던 말이 머릿속에서 맴돌았다.

'내 아빠가 네 가족을 죽였다고 나한테 생색내지 마. 그

때 말했지만 난 너한테 하나도 안 미안해. 난 전부를 잃었으니까.'

지금까지 어떤 일을 겪어왔을지 대충 짐작이 됐다. 아마도 이런 일이 한두 번 벌어진 게 아니었을 것이다. 나도 마찬가지로 백인우를 그런 눈으로 봤으니까.

침대에서 내려와 밖에 나갈 준비를 했다. 오늘 학교 애들과 축구를 하기로 했다.

운동장에 들어갔다. 이미 김선우는 와 있었다. 나는 그 옆에 앉아 핸드폰을 보면서 시간이 되길 기다렸다.

십 분 후쯤 학교 애들이 다 모여 팀을 나누고 축구를 시작했다. 축구를 하는 내내 백인우가 화를 내던 모습이 떠올라 집중이 되지 않았다.

대체 누가 그랬을까.

한 시간이 훌쩍 지났다. 모두 붉어진 얼굴에 땀이 가득했다. 강민혁은 공을 갖고 돌진하다가 뺏기자, 그대로 바닥에 널브러져서 더 이상은 못하겠다고 소리를 질렀다.

축구를 끝내고 다 같이 모여 근처에 있는 식당에 갔다.

강민혁은 물을 벌컥벌컥 마시고 말했다.

"채웅아, 내가 복수해줬다."

"뭔 복수?"

"백인우 징계받잖아."

"그게 왜?"

"내가 그런 거야. 어제 백인우 홍다은한테 화낼 때 표정 봤냐? 존나 웃기더라."

남자애들이 시시덕거리며 맞장구를 쳤다.

"싸이코 새끼, 좀 당해봐야지. 칼 들고 설치더니."

머릿속이 잠깐 하얘졌다. 나는 굳어진 얼굴로 말했다.

"네가 그런 거야?"

"잘했지? 아예 강제 전학이나 정학 먹으면 딱인데."

김선우가 인상을 쓰고 말했다.

"왜 그랬냐?"

"뭘 왜 그래. 채웅이 복수해준 거지."

"위험하잖아. 그거 알면 무슨 짓을 할 줄 알고 그런 짓을 하냐?"

"걔가 어떻게 알아. 말해줄 사람도 없을 텐데. 기대해. 더 조질 거니까. 아예 이 학교 못 다니게 만들 거야."

"이만큼 했으면 됐지 뭘 더 해?"

"살인자 새끼 아들인데 더 당해봐야지."

밥을 먹고 밖으로 나왔다. 집에 가려는데 강민혁이 당구장이나 가자고 했다. 학교 애들은 콜을 외쳐댔다.

나는 강민혁한테 조용히 말했다.

"나 먼저 가볼게."

"왜?"

"오랜만에 축구해서 피곤해."

김선우도 집에 간다고 인사를 했다. 강민혁은 몇 번 같이 가자고 조르다가 포기하고 학교 애들과 갔다.

김선우는 조용히 걷다가 입을 열었다.

"쟤 말려야 되는 거 아니야? 내버려두면 뭔 일 날 것 같은데."

나는 뭐라고 대답해야 할지 몰랐지만, 고개를 끄덕였다.

분명 말려야 했지만 그게 맞는 건지 알 수 없었다. 말리는 것도 내버려두는 것도 다 이상하게만 느껴졌다.

꼭 이럴 땐 김초희가 생각났다.

김초희라면 어떻게 했을까.

직접 가서 물어보고 싶었지만 그 애가 한 말이 떠올랐다.

'언제부터 우리가 걱정해주는 사이가 됐어?'

조금은 가까워졌다고 생각했는데 나 혼자 착각한 걸까.

나는 방향을 바꿔 김초희의 집 앞으로 갔다. 골목으로 들어가 가로등 밑에 서 있었다. 곧 아르바이트가 끝날 시간이었다.

금방 김초희가 골목으로 들어왔다.

"아르바이트 지금 끝난 거야?"

"그럼 놀다 왔겠어? 근데 여긴 왜 있어?"

나는 머뭇거리다가 말했다.

"어제 일 있잖아. 민혁이가 그런 거래."

"근데 그게 왜?"

"어떻게 해야 될지 잘 모르겠어. 민혁이가 계속 그럴 것 같은데 말리는 것도 내버려두는 것도 다 잘못된 것만 같아."

"하고 싶은 대로 해. 난 상관없으니까."

그 말을 들으니 찝찝하던 감정이 깨끗이 씻겨 내려간 것만 같았다. 나는 고개를 끄덕이고 말했다.

"가볼게."

다음 날, 학교에 나갔다. 백인우를 봤는데 생각보다 괜찮아 보였다.

학교 수업이 다 끝나고 종례를 하기 전에 반장이 교탁 앞으로 나왔다.

"잠깐만 공지 좀 할게. 개학도 하고 그래서 토요일 날 반 단합할 건데 못 오는 사람은 안 와도 돼. 그냥 밥 먹고 놀 거니까 이만 원씩만 갖고 와."

그 얘기 때문에 반 애들이 소란스러워졌다. 강민혁은 들뜬 얼굴로 다가와 김선우와 나한테 말했다.

"단합 갈 거지?"

김선우가 귀찮은 얼굴로 말했다.

"가야 되나?"

"안 가게?"

"몰라. 채웅아, 넌?"

"다 갈 것 같은데 가야하지 않을까?"

강민혁이 신나서 말했다.

"뭘 고민해. 가자!"

종례가 끝나고 나는 백인우를 따라가 말했다.

"수행평가 언제 할 수 있어?"

백인우는 잠깐 생각하다가 고개를 끄덕였다.

"지금 하자."

"지금?"

"왜? 안돼?"

"아니야, 가자."

도서관으로 내려갔다. 오늘도 도서관에는 아무도 없었
다. 나는 먼저 자리에 앉아 가방에서 어린왕자 책과 노트
를 꺼냈다.

"너 이 책 읽었다고 했지?"

백인우가 자리에 앉고 말했다.

"근데."

"이 책으로 토론도 해야 되고 독후감도 써야 돼."

"그런 건 어떻게 하는 건데?"

"이 책 읽었을 때 감명 깊었던 부분이나 기억에 남았던 부분에 대해서 말해줘."

백인우는 책을 가져가 훑어보다가 말했다.

"어린왕자가 아무도 알아보지 못했던 조종사 그림을 알아봐줬을 때."

"그게 왜?"

"추락한 사막 한가운데에서 처음으로 자기를 알아봐주는 사람을 만난 거잖아. 대충은 알 것 같아서, 어떤 기분이었을지."

"어떤 기분인데?"

"희망 같은 게 생겼겠지."

"그럼 어떻게 되는데?"

"어떻게든 살아보려고 하겠지. 추락한 사막 한가운데서라도."

나는 책상을 보다가 입을 열었다.

"……미안해."

"갑자기 뭐가?"

"그저께 있었던 일, 내 친구가 그런 거야."

백인우가 고개를 끄덕이고 말했다.

"근데 그걸 나한테 왜 말해? 내가 무슨 짓을 할 줄 알고."

"지금은 그렇게 생각 안 해. 미안해."

"네가 나한테 사과하니까 이상하지 않냐?"

"네가 그런 거 아니잖아."

백인우는 책상을 가만히 보다가 고개를 끄덕이고 자리에서 일어났다.

"다음에 하자. 간다."

학교를 나와 버스 정류장으로 걸어가는데 덩치 큰 두 아저씨가 내 앞으로 다가왔다. 피해가려고 하자, 앞길을 막아버렸다.

도와줄 만한 사람이 있는지 주변을 살펴봤지만 아무도 없었다. 긴장한 상태로 있는데 한 아저씨가 경찰 공무원증을 보여주면서 말했다.

"경찰인데, 잠깐 뭐 좀 물어볼게."

"예."

경찰은 사진 몇 장을 내게 보여주면서 물었다.

"혹시 이 사람 근처에서 본 적 있니?"

순간 머릿속이 하얘졌다. 얼굴이 제대로 찍히지도 않았고, 모자에다가 마스크까지 쓰고 있었지만 김초희라는 걸 한눈에 알 수 있었다.

"잘 모르겠어요."

경찰이 고개를 끄덕이고 가버렸다. 나는 뒤를 돌아 두 경찰을 바라봤다. 불길했다.

대체 무슨 일이 벌어지고 있는 걸까.

나는 김초희에게 전화를 걸었다. 신호음이 이어지다가 그 애가 전화를 받았다.

"왜?"

"아르바이트 끝나고 잠깐 보자. 그쪽에 있을게."

26

김초희

아르바이트가 끝나고 밖으로 나왔다. 임채웅이 앞에서
기다리고 있었다. 아까 잠깐 보자고 전화가 왔었는데 목소
리가 심상치 않았다.

그 애가 어설프게 미소를 짓고 말했다.

"배고프지? 밥 먹으러 가자."

"네가 사게?"

웬일인지 임채웅이 토를 달지 않고 고개를 끄덕였다.

"뭐 먹을래?"

"아무거나 먹어."

"그래, 가자."

우리는 근처에 있는 치킨집으로 들어갔다. 주문을 하고 기다리는데 임채웅이 심각한 얼굴로 테이블을 쳐다봤다. 생각이 많아 보였다. 무슨 일인지는 모르겠지만 일단은 배부터 채우고 싶었다.

나는 치킨이랑 콜라를 허겁지겁 먹었다. 내가 두 조각을 다 먹을 때까지도 임채웅은 처음 집었던 치킨 조각을 들고 먹는 둥 마는 둥했다.

나는 세 번째 조각을 다 먹고 말했다.

"무슨 일인데 그래?"

"어?"

"무슨 일인데 아까부터 그렇게 죽상이냐고. 무슨 일이야. 할 말 있다며. 말해봐."

"일단 다 먹고 얘기하자."

표정이 진지해서 나는 더 이상 아무 말도 하지 않았다.

치킨을 다 먹고 밖으로 나왔다. 집으로 걸어가면서 임채웅은 입을 꾹 닫고 한 마디도 하지 않았다.

나는 골목에서 걸음을 멈추고 말했다.

"뭔데, 말해봐."

"너 무슨 일 있는 거 아니지?"

"없어, 뭔데 그래?"

"너 위험한 일 하고 다녀?"

나는 잠깐 멈칫했다. 뭘 알고 묻는 걸까.

"갑자기 뭔 소리야?"

"다리랑 얼굴은 왜 다쳤어?"

"넘어졌다고 했잖아."

"그러니까 왜 넘어졌냐고."

"취조해? 말 돌리지 말고 똑바로 말해. 뭔데 그래?"

"너부터 똑바로 말해봐. 진짜 그냥 넘어진 거 맞아?"

"너랑 무슨 상관인데."

"그렇게 말하지 좀 마!"

"내가 어떻게 말하든 뭔 상관이야!"

"됐다, 그만하자. 이제 신경 꺼줄게."

임채웅이 화가 난 얼굴로 가버렸다.

나는 집에 있다가 밤 열한 시쯤 밖으로 나왔다. 임채웅이 지금 내가 하고 있는 일을 알게 됐다 해도 어쩔 수 없었다. 빨리 돈을 구해야만 했다.

공원을 둘러보고, 주차장을 살펴보고, 으슥한 골목을 돌아다녀봤지만 사람이 보이지 않았다. 다른 동네로 넘어가 사방을 훑었다.

새벽까지 돌아다녔지만 한 명도 찾지 못했다. 시간이 늦어져 포기하고 집으로 돌아갔다.

골목으로 들어가려는데 집 앞에 사람이 서 있는 게 보였다.

누굴까. 임채웅일까.

그러기엔 너무 늦은 시간이었다. 조금 더 가까이 다가가자, 가로등 불빛에 비춰 얼굴이 보였다. 백인우였다.

도망갈 새도 없이 백인우가 다가와 내 팔을 잡고 마스크를 내렸다.

"너 맞네."

"왜, 신고하게?"

"아니."

"그럼 여기 왜 있는데?"

"확인해보고 싶어서."

"뭘?"

"너였는지. 긴가민가했거든."

"이제 나인 거 알았는데. 어떡하게?"

"아무것도 안 해."

나는 아무 말도 하지 않았다.

"하나만 대답해줘라."

"뭐."

"날 노린 거야, 우연이었던 거야?"

"우연이었어."

"다행이다. 고맙기까지 하네, 그렇게 말해주니까. 갈게."

백인우가 가고 나는 집으로 들어갔다. 백인우한테 정체를 들켰지만 딱히 신경 쓰이진 않았다. 화를 내던 임채웅의 얼굴만 계속 생각났다.

월요일이었다. 백인우의 징계위원회가 끝나고 복도 벽에 처벌 결과가 붙었다. 일주일 교내 봉사였다.

백인우가 내 옆으로 다가와 말했다.

"꼭 현상수배범 된 것 같네."

나는 아무 말도 하지 않았다.

"다리는 어때?"

"왜."

"괜찮나 해서."

"신경 꺼."

"그거 매일 해?"

"신경 *끄*라고."

"그거 좀, 위험하지 않아?"

"오지랖 부리지 마. 그거 알았다고 내가 너한테 쩔쩔맬 것 같아? 신고할 거면 해. 상관없으니까."

"말했잖아. 아무것도 안 할 거라고."

"그럼 아무것도 하지 마."

나는 백인우를 지나쳐 교실로 들어갔다.

종례가 끝나고 교실을 나가다가 뒤쪽에서 임채웅과 마주쳤다. 그 애는 곧바로 고개를 돌리더니 나를 지나쳐갔다. 이제 내게 완전히 정나미가 떨어진 것 같았다.

집으로 돌아가 싸온 음식을 꺼내는데 입맛이 없었다. 모든 게 무의미하게만 느껴졌다.

나는 식어버린 음식을 냉장고에 넣어두고 아르바이트에 갈 준비를 했다.

준비가 다 끝나고 아직 시간이 남아 잠시 바닥에 앉아 있었다. 천천히 임채웅과 있었던 일을 생각하고 있는데 노크 소리가 들려왔다. 나는 움직이지 않고 고개만 돌려 문쪽을 쳐다봤다.

아빠가 온 걸까. 아빠였다면 노크 같은 걸 할 리가 없다. 누굴까.

아무 반응도 하지 않자, 다시 노크 소리와 함께 남자 목소리가 들렸다.

"경찰입니다."

그 한마디에 온갖 생각이 머릿속을 스치고 지나갔다.

날 잡으러 왔을까? 아니면 다른 일 때문일까?

나는 일어나서 현관으로 갔다. 밖에서 남자들이 얘기하는 소리가 들렸다. 나는 문 앞에서 잠깐 고민을 하다가 문을 열었다.

27

임채웅

토요일, 반 애들과 다 같이 만나기로 한 날이었다. 준비를 끝내고 역으로 갔다. 약속 시간에서 십 분쯤 일찍 도착했는데 이미 반 애들이 많이 와 있었다.

나는 혹시나, 하고 주변을 살펴봤지만 김초희는 보이지 않았다. 오지 않을 게 분명했다.

나는 반 애들을 기다리면서 어제 김초희와 있었던 일을 생각했다.

꼭 그렇게까지 말했어야 했을까. 아니면 내가 잘못한 걸까.

신경 끄라던 말이 계속 생각났다.

약속 시간이 되고 반장이 예약한 고기 뷔페로 갔다.

나는 고기가 구워지기 무섭게 젓가락을 들이밀었다. 배라도 꽉 채우면 조금이나마 괜찮아질 것 같았다.

식당에서 나와 다 같이 노래방에 갔다. 어떻게든 이 찝찝한 기분을 날려버리려고 최대한 신나게 노래를 불렀다. 두 시간이나 소리를 질러댔지만 달라지는 건 없었다.

노래방이 끝나고 다 같이 모이자, 반장이 말했다.

"우리 술 마실 건데, 안 마실 애들은 지금 가도 돼. 남을 사람들은 이쪽으로 모여."

남을 애들이 반장이 있는 쪽으로 모였다. 어떻게 할지 고민하는데 강민혁이 김선우와 나를 붙잡아 남기로 했다.

술을 사고 사람이 없는 공원으로 갔다. 반 애들은 친한 애들끼리 모여앉아 술을 마셨다. 강민혁은 여자애들과 놀았고, 김선우와 나는 벤치에 앉아 맥주를 마셨다.

오늘 하루 어느 때보다 많이 먹고, 많이 놀았는데 즐겁지가 않았다.

김선우가 의아한 얼굴로 나를 보다가 말했다.

"너 무슨 일 있어?"

"왜?"

"아까부터 무슨 생각을 그렇게 해?"

"아니, 그냥."

"뭔데 그래?"

"나도 모르겠어, 뭐가 문제인지."

이제야 김초희가 내게 왜 그런 사이로 지내자고 했는지 알 것 같았다. 무슨 일이 일어나게 되더라도 아무것도 하지 말라는 뜻이었다.

월요일, 백인우의 징계는 다행히 교내 봉사였다. 강민혁은 그 처벌이 마음에 들지 않는지 밥을 먹다가 화가 난 얼굴로 말했다.

"무슨 교내 봉사냐. 담배 피워도 교내 봉사 시키더니, 칼 갖고 오고 난동 부린 애한테도 교내 봉사네."

김선우가 수저를 내려놓고 말했다.

"원래 처음엔 다 그렇잖아. 이제 너도 그만 신경 쓰고 개 건드리지 마."

강민혁은 아무 대꾸도 하지 않았다.

학교 수업이 다 끝나고 밖으로 나가는데 김초희와 마주쳤다. 나는 시선을 돌리고 교실에서 나왔다.

집으로 돌아가 침대에 누워 있는데 강민혁에게 전화가 왔다.

나는 잠깐 진동이 울리는 핸드폰을 쳐다보다가 전화를 받았다.

"왜?"

"너 어디야?"

"집이야."

"지금 폐가로 가는 골목인데 이쪽으로 올래? 재밌는 거 보여줄게."

"뭔데?"

"백인우 조질 거거든."

잠깐 퓨즈가 빠진 것처럼 작동이 멈췄다. 나는 멍한 상태로 있다가 급하게 침대에서 내려왔다.

"뭐라고?"

"백인우 조질 거니까 구경 오라고. 너도 제대로 복수해야지."

"너 지금 어디야?"

"골목이라니까. 폐가로 와."

"아무 짓도 하지 말고 기다려!"

"왜?"

"그냥 기다려!"

나는 전화를 끊고 밖으로 튀어나갔다.

골목길에 들어서고 언덕을 올라 폐가로 들어갔다. 안에서 강민혁과 학교 애들이 단체로 쓰러져 있는 백인우를 걸어차고 있는 게 보였다. 바닥에는 야구배트도 있었다.

나는 그 사이로 들어가 강민혁을 붙잡았다. 강민혁이 놀란 얼굴로 날 보고 말했다.

"어, 뭐야. 왔어?"

그만하라고 말을 해야 했지만 숨이 차 말이 제대로 나오지 않았다. 나는 숨을 몰아쉬다가 간신히 입을 열었다.

"그만해."

"뭔 소리야?"

"그만하라고!"

"뭘 그만해. 너도 좀 때려. 복수해야지. 이 새끼 징계도 교내 봉사 나왔는데 좆 같잖아."

"그만 좀 하라니까!"

"왜 화를 내냐? 이 새끼 아빠가 너한테 한 짓 잊었어?"

"그게 백인우랑 무슨 상관인데?"

"상관이 없냐? 그 새끼 아들이잖아."

"그게 무슨 상관이냐고. 백인우가 대체 뭘 잘못했는데?"

"존나 어이없네. 잘못이 없냐? 내가 너였으면 이 새끼 죽였어."

"네가 지금 하는 짓이 그 살인자랑 뭐가 다른데?"

"뭐?"

"솔직하게 말해. 너, 나 때문에 이러는 거 아니잖아. 그냥 네가 마음에 안 드니까 이러는 거잖아. 아니야?"

강민혁이 잠깐 당황하다가 아무 말도 하지 못하고 나를 노려봤다.

"이제 그만해."

나는 강민혁을 지나쳐 백인우에게 갔다. 교복에 신발자국과 먼지가 잔뜩 묻어 있었다. 나는 백인우를 부축해 폐가를 나왔다. 골목을 나와 택시를 잡으려는데 백인우가 정신이 좀 들었는지 입을 열었다.

"놔."

"병원 가자, 데려다줄게."

"놓으라고!"

나는 놀라서 손을 놓고 떨어졌다. 백인우가 흐릿한 눈으로 나를 보고 말했다.

"너만 피해자인 것 같지? 난 평생 이렇게 살아왔어. 내 아빠가 그 새끼라는 이유만으로 평생 이렇게 살아왔다고. 니네들이 원하는 게 뭔데? 내가 죽으면 돼? 그럼 다 끝나는 거야?"

"미안해."

"난 대체 어떻게 살아야 되냐고!"

백인우가 한 발을 절면서 가버렸다. 모든 게 엉망진창이 돼버린 것 같았다. 머리가 깨질 것처럼 아파왔다. 나는 편의점에서 물을 사고 바깥에 있는 테이블에 앉았다. 물을 한 모금 마셨지만 진정이 되지 않았다. 천천히 방금 벌어진 일을 생각해보고 있는데 핸드폰에서 진동이 울렸다. 핸드폰을 꺼내보니 김초희였다.

고민을 하다가 전화를 받았다.

"여보세요."

아무 대답이 돌아오지 않았다.

"왜 전화해놓고 말을 안 해?"

"나 지금 경찰서야."

저번에 마주쳤던 경찰이 떠올랐다. 무슨 말을 해야 할지 몰라 머뭇거리는데 김초희가 말했다.

"보호자 안 오면 못 간대. 근데 너 말고 부를 사람이 없어."

"어디야, 지금 갈게."

위치를 듣고 전화를 끊었다. 나는 무작정 택시를 잡았다. 알고 있었다. 지금 내가 간다고 해도 해줄 수 있는 게 없다는 것을. 그래도 옆에 있어주고 싶었다.

퇴근 시간이라 얼마 못가 도로가 막혔다. 나는 계속 주변을 두리번대다가 시간을 확인했다. 이대로 있으면 너무 늦을 것 같았다.

나는 택시에서 내려 미친 듯이 뛰기 시작했다.

28
김초희

나는 조사실에 들어갔다. 내 방보다 조금 더 큰 공간이
었다. 형사는 내 앞에 앉아 컴퓨터를 보면서 이런저런 고
지를 했다. 거짓말을 하면 더 큰 처벌을 받을 수 있으니 묻
는 말에 똑바로 대답하라는 소리였다.

나는 우선 내가 한 잘못을 확인했다. 절도였다. 한두 건
이 신고 된 게 아닌 듯했다.

나는 거짓말을 하지 않았다. 묻는 말에 간단명료하게 대
답했다.

형사는 계속 질문을 했는데 단어만 조금씩 바뀌었을 뿐
이지 거의 비슷한 내용이었다. 나는 같은 말을 반복했다.

질문이 다 끝나고 내가 말한 내용에 지장을 찍었다. 모든 조사가 끝났다. 형사는 다시 이런저런 고지를 하고 보호자를 불러야 집으로 돌아갈 수 있다고 했다.

　형사가 아빠 번호를 확인하고 전화를 걸었다. 연결이 되지 않았다. 형사는 몇 번 전화를 걸어보고 연결이 안 되자 귀찮은 듯한 얼굴로 말했다.

　"왜 아버지 연락이 안 되시냐?"

　"몰라요."

　"너 보호자 와야 갈 수 있어. 다른 보호자는 없어?"

　나는 대답하지 않았다.

　"빨리 보호자한테 연락해봐."

　내겐 보호자가 없었다. 나는 전화를 하는 척만 했다.

　다시 조사실에 들어가자, 형사가 말했다.

　"보호자 지금 오신대?"

　나는 대답 없이 고개를 끄덕였다.

　형사는 나를 데리고 수사과로 들어가더니, 입구 쪽에 있는 긴 의자에 앉게 했다.

　"여기서 기다리고 있다가 오시면 말해."

　형사는 자기 자리를 가리키고 그쪽으로 갔다. 나는 가만히 앉아 있었다.

이제 난 어떻게 될까. 소년원에 가게 될까. 딱히 무섭지는 않다. 그래도 거기선 밥을 굶을 일은 없을 테니까.

내 앞에서 사람들이 분주하게 움직였다. 몇 사람들은 나를 흘깃 보다가 여기 왜 있냐며 말을 걸기도 했다. 나는 대답 없이 가만히 있었다.

만약에 보호자가 오지 않으면 어떻게 될까. 여기 계속 있어야 할까.

나는 핸드폰을 꺼내 전화번호 목록을 봤다. 임채웅. 그 이름 말고는 아무 이름도 없었다. 성인이 아니라서 전화를 한다 해도 달라질 게 없었다.

시간은 계속 흘러갔다. 나는 다시 핸드폰을 꺼내 임채웅의 전화번호를 멍하니 봤다. 내가 부를 수 있는 유일한 사람이었다.

한참을 고민하다가 통화 버튼을 눌렀다. 신호음이 들리니 긴장이 됐다. 한 번, 두 번, 세 번째 울렸을 때 포기하고 전화를 끊으려는데 임채웅의 목소리가 들려왔다.

"여보세요."

나는 아무 말도 하지 못했다. 뭐라고 말해야 할까.

"왜 전화해놓고 말을 안 해?"

나는 숨을 길게 내뱉고 간신히 입을 열었다.

"……나 지금 경찰서야."

아무 대답도 돌아오지 않았다.

"보호자 안 오면 못 간대. 그런데 너 말고 부를 사람이 없어."

"어디야, 지금 갈게."

나는 위치를 말하고 전화를 끊었다. 임채웅이 온다고 해도 달라질 건 없었지만 안심이 됐다.

이십 분도 지나지 않았을 때, 임채웅이 땀을 뻘뻘 흘리며 나타났다.

임채웅은 내게 다가와 숨을 헐떡이다가 말했다.

"괜찮은 거야? 미안해, 늦었지?"

아무 말도 나오지 않아 나는 말없이 고개를 저었다.

"근데 나 와도 달라질 게 없을 것 같아서 아빠 불렀어. 곧 오실 거야."

아니, 달라졌다. 옆에 있는 것만으로도 모든 게 달라진 기분이었다. 임채웅은 아무 말도 하지 않고 내 옆에 앉았다.

시간이 좀 지나고 임채웅의 아빠가 왔다. 아저씨는 나를 담당한 형사에게 갔다. 두 사람은 꽤 길게 대화를 나눴다. 아마도 내가 무슨 짓을 했는지 낱낱이 얘기하고 있을 거였다.

대화가 끝나고 아저씨가 우리에게 왔다.

"일단 나가자."

우리는 밖으로 나왔다. 아저씨는 주차된 차 앞에 서서 말했다.

"채웅아, 아빠 일 때문에 다시 들어가봐야 되니까 아빠 카드로 밥 사먹어."

"응."

"이름이 초희 맞지?"

"네."

"이건 합의만 보면 되니까 아저씨가 해결할게. 신경 쓰지 말고 채웅이랑 밥 먹어. 아저씨가 한 번 전화할 테니까 그때 얘기 좀 하자."

나는 고개를 밑으로 내리고 대답했다.

"네."

"채웅아. 이건 누나한테 비밀로 하자. 걱정하니까."

"응."

아저씨가 차를 타고 갔다. 임채웅은 멀어져가는 차를 보다가 말했다.

"밥 먹으러 가자."

"배 안 고파."

"그럼?"

"집에 갈래."

"그래, 그럼."

우리는 같이 걸었다. 걸어가면서 임채웅은 내게 아무것
도 묻지 않았다.

골목에 도착했을 때쯤, 해가 완전히 저물어 하늘은 깜깜
해져 있었다.

집 앞에서 임채웅이 말했다.

"갈게."

"왜 아무것도 안 물어봐?"

"그냥, 그럴만한 이유가 있었겠지."

"왜 온 거야?"

"뭐가?"

"경찰서에 왜 왔냐고."

"네가 불렀잖아."

"그런다고 와? 내가 그렇게 진상을 부렸는데."

"네가 진상 부리는 게 한두 번이냐."

"고마워."

임채웅이 얼떨떨한 얼굴로 고개를 끄덕였다.

"야."

"왜."

"주말에 우리 언니 납골당 같이 가자."

그 애는 잠깐 생각을 하다가 고개를 끄덕였다.

29

임채웅

교실에 들어갔다. 자리에 앉는데 김선우가 뒤를 돌아 말했다.

"채웅아, 강민혁 무슨 일 있었어?"

"왜?"

"좀 이상하던데. 인사해도 그냥 고개만 끄덕이고 학교 애들이 말 걸어도 안 일어나. 또 뭔 사고 쳤나?"

나는 잘 모르겠다는 얼굴로 강민혁을 봤다. 평소 같으면 학교 애들이랑 떠들고 있어야 했는데 오늘은 조용히 책상에 엎드려 있었다.

조회를 시작하는 종이 울리고 담임이 들어왔다. 백인우

는 학교에 오지 않았다. 담임은 반장한테 전화를 한 번 해 보라고 했지만 그다지 신경 쓰지 않는 것 같았다. 나는 백인우의 빈자리를 보면서 어제 있었던 일을 생각했다. 안 좋은 일이 생길 것만 같아 걱정이 됐다. 더 이상은 아무 일도 일어나지 않길 바랐다.

강민혁은 하루 종일 엎드려만 있었다. 점심시간에 몇 애들이 깨웠지만 일어나지 않았다. 늘 활발하던 애가 그러고 있으니 신경이 쓰이긴 했다.

학교 수업이 끝나고 김선우와 같이 교실 문을 나가다가 강민혁과 마주쳤다. 강민혁은 미안한 얼굴로 날 보다가 눈을 피하더니 교실을 나갔다. 김선우는 의아해하며 나를 보고 말했다.

"쟤 진짜 왜 저러냐. 점심도 안 먹더니. 진짜 무슨 사고 친 거 아니야?"

나는 무슨 말을 해야 될지 몰라 아무 말도 하지 않았다.

학교를 나와 김선우와 헤어지고 버스 정류장으로 걸어가는데 김초희가 내 옆으로 다가왔다.

"야, 밥 먹자."

나는 고개를 끄덕였다.

우리는 자주 가던 중국집으로 갔다. 음식을 주문하고 기다리는데 김초희가 아무 말도 하지 않고 나를 빤히 봤다. 나는 분위기가 어색해져가는 것 같아 한 마디 했다.

"왜 사람을 그렇게 빤히 봐?"

"아직도 넌 내가 안 싫어?"

"갑자기 그런 걸 물어. 싫으면 여기서 너랑 같이 밥 먹고 있겠냐."

나는 별 일 아니라는 얼굴로 짜장면을 비볐다. 김초희는 테이블을 멍하니 보다가 말했다.

"이제 안 그럴 거야."

"그럼 됐네. 밥이나 빨리 먹자. 붇겠다."

며칠 째 백인우가 학교에 나오지 않았다. 담임은 딱히 관심이 없어 보였고 반 애들은 다행이라며 좋아했다. 나는 조회가 끝나고 반장한테 가서 말했다.

"백인우한테 전화해봤어?"

"아니, 왜?"

"백인우 번호 좀 주라."

반장이 백인우의 번호를 가르쳐줬다. 나는 자리로 돌아가 적어놓은 백인우의 번호를 빤히 봤다.

만약에 전화를 받는다면 무슨 말을 해야 할까.

나는 통화 버튼을 누를까 말까 고민하다가 하지 못하고

핸드폰을 주머니에 넣었다.

학교 수업이 다 끝나고 집으로 돌아갔다. 나는 침대에 앉아 다시 백인우의 번호를 가만히 쳐다봤다. 무사한지만이라도 확인하고 싶었다.

나는 고민을 하다가 통화버튼을 눌렀다. 신호음이 이어지고 포기하려 할 때쯤 연결이 됐다. 백인우는 아무 말도 하지 않았다.

나는 잠깐 생각을 하다가 말했다.

"나, 임채웅이야."

"왜 전화했어?"

"지금 어디야?"

"폐가 옥상."

"만나서 얘기 좀 하자. 지금 거기로 갈게."

"마음대로 해."

집에서 나와 버스를 타고 골목에서 내렸다. 언덕을 올라 곧장 폐가로 들어갔다. 옥상으로 올라가니 백인우가 난간 앞에 서서 하늘을 보고 있는 게 보였다. 나는 그 옆으로 갔다. 하늘에서는 조금씩 해가 지고 있었다.

백인우는 나를 한 번 보고는 고개를 돌려 다시 하늘을 봤다.

"왜 왔어?"

"사과하려고."

"뭘?"

"전학 왔을 때 오해했던 거 미안해."

"너도 그렇고 김초희도 그렇고 둘 다 이상해."

"뭐가?"

"너희랑 얘기하고 있으면 정말 나한테 아무 잘못이 없는 것 같거든."

"너 잘못한 거 없어."

백인우가 나를 바라보다가 말했다.

"김초희랑 너한테 처음 들어봤어. 아무 잘못이 없다고. 들을 때마다 기분이 이상해. 어쩌면 나도 남들처럼 살아갈 수 있지 않을까, 하는 생각이 들어. 고마워, 그렇게 말해줘서."

나는 미소를 지어보이고 백인우와 같이 해가 지는 것을 바라봤다.

30

김초희

토요일이었다. 언니의 납골당을 마지막으로 간 게 언제였는지 기억나지 않았다.

나는 준비를 끝내고 밖으로 나왔다. 이제 가을이 왔는지 날씨가 무척 좋았다. 시원한 바람이 불었고, 투명할 정도로 깨끗한 하늘에는 하얀 구름이 떠다녔다.

역 근처는 사람들로 북적였다. 나는 두리번거리다가 우두커니 서 있는 임채웅을 찾았다. 걸음을 멈추고 잠깐 그 애를 바라봤다. 만약 임채웅을 만나지 못했다면 난 어떻게 됐을까. 살아 있긴 했을까.

나는 뒤로 다가가 그 애의 어깨를 툭 쳤다. 그 애가 놀란 얼굴로 뒤를 돌더니 나를 보고 안심하며 말했다.

"뭐야, 갑자기."

"가자."

우리는 별다른 말 없이 버스에 탔다. 멀리 가는 버스라 그런지 버스 안에는 사람이 아무도 없었다. 임채웅과 나는 따로 앉았다. 그 애는 무언가를 골똘히 생각했고, 나는 창밖으로 고개를 돌렸다.

버스에서 내려 납골당으로 걸어갔다. 길목 양옆에 은행나무가 일렬로 서 있었다. 고개를 들면 하늘이 잘 보이지 않을 정도로 은행잎이 빼곡했다. 임채웅과 나는 그 사이를 두리번거리며 걸었다. 걸을 때마다 바닥에 떨어진 은행잎이 쏠렸다.

납골당 안으로 들어가 언니가 있는 자리로 갔다. 사진과 유골함은 그대로 있었다. 나는 멍하니 사진을 봤다. 사진 속 언니는 웃고 있었다.

이상하게도 잊고 싶은 기억은 머릿속에서 잘 지워지지 않는다. 모든 걸 양보하기만 하던 언니의 모습이 너무 선명하게 남아 있었다.

대체 언니는 왜 그렇게 살았을까.

"언니가 죽고 학교에서 자꾸 상담 선생을 붙이더라. 그

선생이 나한테 그렇게 물었어. 언제 가장 힘들었냐고. 꼽을 수가 없었어. 매일이 지옥이니까 어느 하루가 특별히 힘들었다고 말할 수 없었던 거지. 근데 생각해보면 난 지옥에 있지도 않았어. 그냥 언니가 지옥에서 타들어가는 걸 가만히 지켜봤어."

임채웅은 아무 말도 하지 않고 나를 쳐다봤다.

"이상하게 계속 생각 나. 아빠가 미친 사람처럼 언니 뺨을 때리고 발로 차던 게. 이를 꽉 깨물고 아무 소리도 내지 않던 언니 얼굴이."

"그런 생각하지 마. 네가 잘못한 거 아니니까."

"만약에 언니가 다시 태어나면 아주 나쁜 사람으로 태어났으면 좋겠어. 하고 싶은 대로 다 하고 상처 주는 사람은 무시하고. 그래서 다시 아빠랑 나를 만나면 둘 다 죽을 때까지 괴롭혔으면 좋겠어."

임채웅이 내 어깨를 토닥였다. 여기에 더 있다가는 온갖 기억이 다 꺼내져나올 것만 같았다. 나는 숨을 길게 내쉬고 말했다.

"이제 가자."

밖으로 나가려고 돌아서는데 바로 앞에 언니가 서 있는 게 보였다. 나는 멍해진 상태로 언니를 바라봤다.

오랜만이야.

언니는 예전처럼 따뜻하게 미소를 짓고 고개를 끄덕였다. 그 미소를 보자, 눈물이 차올랐다. 나는 고개를 위로 들어 눈물이 흐르지 않게 했다.

언니가 한 걸음 다가와 나를 안아주고 등을 토닥였다.

하고 싶은 말이 너무 많았다. 고맙다는 말도, 미안하다는 말도, 보고 싶다는 말도, 사랑한다는 말도.

나는 고개를 떨어뜨리고 말했다.

언니, 잘 가. 꼭 행복해.

우리는 납골당에서 나와 주변을 걸었다. 다시 은행나무가 일렬로 선 거리가 나왔다. 나는 팅팅 부은 눈을 보이고 싶지 않아 임채웅보다 조금 앞에서 걸었다. 코를 훌쩍이고 있는데 뒤에서 임채웅이 나를 불렀다.

"야."

나는 걸음을 멈추고 뒤를 돌아봤다.

"왜?"

"고마워."

"뭐가?"

"그냥 다."

나는 아무 말도 하지 않았다.

"이제 나랑 친구 하자."

"뭐?"

"친구하자고."

"왜, 내가 불쌍해서?"

"아니, 이제 그만 불행하고 싶어서."

나는 말없이 그 애를 바라봤다.

"나랑 그 이상한 관계는 끝내고 친구하자. 이제부터 나는 널 생각하고, 너도 날 생각하는 그런 친구."

"내가 널 왜 생각해야 되는데?"

"그래야 난 호구처럼 안 살 테고, 넌 네 손목에 상처 안 내겠지."

동질감은 살아남기 위한 본능 중 하나일지도 모른다.
눈이 마주치는 것만으로도 느껴질 때가 있다.
나와 같은 사람이구나.
저 사람과 같이 있으면
내가 이 세상을 어떻게든 살아갈 수 있겠구나.
나는 이 책이 사람들에게 그렇게 읽히길 바란다.

2021년 11월
임하운

네가 있어서 괜찮아

초판 1쇄 인쇄일 2021년 11월 08일
초판 2쇄 발행일 2021년 11월 25일

지은이 임하운

발행인 박헌용, 윤호권
편집 구민준 **디자인** 박정원 **일러스트** banzisu(반지수)
발행처 ㈜시공사 **주소** 서울시 성동구 상원1길 22, 6-8층(우편번호 04779)
대표전화 02-3486-6877 **팩스(주문)** 02-585-1755
홈페이지 www.sigongsa.com / www.sigongjunior.com

ISBN 979-11-6579-775-1 03810

*시공사는 시공간을 넘는 무한한 콘텐츠 세상을 만듭니다.
*시공사는 더 나은 내일을 함께 만들 여러분의 소중한 의견을 기다립니다.
*잘못 만들어진 책은 구입하신 곳에서 바꾸어 드립니다.